Edgardo Cozarinsky
*Man nennt mich flatterhaft und was weiß ich …*

Quart*buch*

# Edgardo Cozarinsky

# *Man nennt mich flatterhaft und was weiß ich...*

Aus dem argentinischen Spanisch
von Sabine Giersberg

Verlag Klaus Wagenbach     Berlin

*Um mit den Lebenden zu sprechen, brauche ich*
*Worte, die mich die Toten lehrten.*

ALBERTO TABBIA

# ERSTER TEIL

# 1

»Geschichten werden nicht erfunden, sie werden vererbt.«
Der alte Mann sprach mit leiser, aber fester Stimme.

»Es ist gefährlich, Geschichten zu erfinden. Wenn sie gut sind, werden sie am Ende Wirklichkeit und nach einer Weile werden sie überliefert, und dann ist es egal, ob sie erfunden wurden, denn es wird immer jemanden geben, der sie erlebt hat.«

Er räusperte sich und fügte nach kurzem Schweigen hinzu: »Mich jedenfalls interessieren Geschichten nicht.«

Die Krankenschwester kam mit ein paar Decken. Ihr professionelles Lächeln milderte keineswegs den strengen Ton mir gegenüber.

»Der alte Mann ist es nicht gewohnt, Besuch zu bekommen. In ein paar Minuten wird das Abendessen serviert, und es bekommt ihm nicht, wenn er nicht vorher ein wenig ruht.«

Sie sah mich eindringlich an. Es blieb mir nichts anderes übrig, als aufzustehen. Im Vorbeigehen legte ich meine Hand auf die Schulter des alten Mannes und murmelte:

»Am kommenden Sonntag werde ich Sie wieder besuchen.«

Doch drei Tage später starb er, und so habe ich viele Dinge nicht erfahren.

Ich glaube, es war bei meinem ersten Besuch, als er so etwas sagte wie, die Träume seien die einzige Möglichkeit der Toten, mit uns zu sprechen.

Ich habe seine Stimme noch im Ohr: »Ist Ihnen noch nie aufgefallen, daß wir im Traum die Toten weder im Grab vor uns sehen, noch im Sarg, wie bei der Totenwache? Sie sind bei uns, sie gehen, essen, diskutieren, streiten mit uns. Ich frage mich, ob Gott uns nicht die Fähigkeit zu träumen gegeben hat, damit die Toten mit uns sprechen können oder damit wir die, die uns verlassen haben, für ein Weilchen wiedersehen.«

»Wo haben Sie das gelesen? Das klingt nicht nach Talmud ...«

»Das sagte mein Lehrmeister, der kam aus Vilnius.«

Bei dem Namen der litauischen Stadt umwölkte sich sein Blick. Ich hatte noch nie Tränen bei ihm gesehen und bekam Angst, er würde gleich weinen. Ich beeilte mich etwas zu sagen:

»Kommen Sie, ziehen Sie sich etwas an, ich lade Sie auf einen Grappa in der Bar an der Ecke ein.«

»Ich glaube, die hat letzte Woche zugemacht.«

»Als ich vor einer halben Stunde dort vorbeikam, war sie noch offen.«

Er öffnete den Schrank, und ich konnte zwei Hosen und eine violette Jacke aus synthetischer Wolle mit zotteligem weißen Futter sehen. Der Arme, die muß ihm wohl die Schwiegertochter geschenkt haben, dachte ich; aber dann erinnerte ich mich, daß der Sohn in Paris lebte und die Frau in Barcelona geblieben war.

Der Bürgersteig bestand nur aus einer unregelmäßigen Abfolge von Schlaglöchern. Es hatte seit dem Morgen geregnet, und der wenige noch vorhandene Asphalt war rutschig. Ich legte den Arm um seine Schultern; hinter der liebevollen Geste wollte ich meine Sorge verbergen, er könne hinfallen.

Die Bar war offen, aber leer. Die Neonröhren, auf denen Generationen unvorsichtiger Fliegen ruhten, schienen seit den fünfziger Jahren nicht mehr geputzt worden zu sein und tauchten das bescheidene Inventar in ein schwaches Aquariumslicht. Spiegel vervielfachten die Flaschen, aber sie hatten wohl schon vor einiger Zeit aufgehört, diejenigen deutlich widerzuspiegeln, die ihnen gegenüber an der Theke lehnten. Unter diesen Flaschen erkannte ich Marken, die ich wer weiß wie lange nicht mehr gesehen hatte: Zuckerrohrschnaps Legui oder Mariposa, Amargo Obrero, Grappa La Bella Friulana.

»Marmortische… In einem anderen Viertel wäre das Luxus«, bemerkte ich. »Selbst welche aus Holz findet man kaum noch, überall nur noch Kunststoff.«

Der alte Mann warf einen mißtrauischen Blick auf die Tische; er schien sich unwohl zu fühlen. Er taxierte mich schweigend, bevor er sprach.

»Ich sitze oder liege den ganzen Tag, ich würde lieber an der Theke stehen.«

Und so blieben wir dort, verschwommen im Spiegel, und tranken einen Grappa unbekannter Marke; die Flasche des La Bella Friulana, erklärte der Besitzer, sei leer; er bewahre sie zur Zierde auf, als Erinnerung, die Fabrik habe geschlossen, er erinnere sich schon nicht mehr, wann. Er sprach mit dem alten Mann über ein paar Neuigkeiten aus dem Viertel, über die benachbarte Autowerkstatt, die bald umzöge, über das brachliegende Grundstück gegenüber, das wegen Erbstreitigkeiten noch immer unbebaut sei. Ich stellte fest, daß sie sich kannten.

»Sie passen nicht in dieses Viertel. Ich kann mir Sie kaum weit weg von der Calle Corrientes vorstellen. Seit wann sind Sie in dem Heim?«

»Seit einer Ewigkeit. Ich kann nicht weit weg, ich werde schnell müde, und diese Bar ist nicht schlechter als eine in Villa Crespo.«

Und nach einer Pause, an den Besitzer gerichtet:

»Schade, daß Sie zumachen, nicht?«

Der Besitzer nahm die Frage mit einem skeptischen Brummen auf und holte zu einer verworrenen Erklärung aus, der ich zu entnehmen glaubte, er fände keinen Käufer, nicht weil seine Ansprüche zu hoch seien, sondern weil alle in Raten zahlen wollten und ihm wenig vertrauenswürdig erschienen.

»Sie glauben, weil sie von Dollars reden, werde ich anbeißen. Wenn ich annehme, sehe ich nicht mehr als die erste Rate. Deshalb bleibe ich, bis man mich mit den Füßen nach vorn hinausträgt.«

Kaum hatte sich der Besitzer ein wenig entfernt, sagte der alte Mann in einem Flüsterton zu mir, von dem er glaubte, nur ich könne ihn hören:

»Er wird nie gehen. Zu viele Erinnerungen. Er ist nicht wie die Leute von der Werkstatt. Dieses Viertel stirbt, und er folgt ihm.«

Der Abend an jenem kalten Augustsonntag kam schnell. Als der alte Mann einen zweiten Grappa ablehnte, begleitete ich ihn zurück zum Heim, bevor es dunkel wurde. In der Empfangshalle wartete eine argwöhnische Krankenschwester auf uns (»Haben Sie sich auch warm angezogen, Don Samuel? Die Feuchtigkeit ist schlimmer als die Kälte.«). Ich verabschiedete mich bis zum nächsten Sonntag.

»Jetzt habe ich Ihnen gar nicht meine Sammlung von Theaterprogrammen gezeigt. Wir haben über Gott und die Welt gesprochen, nur nicht über das, was Sie interessiert.«

»Am nächsten Sonntag schauen wir sie uns gemeinsam an, und dann erzählen Sie mir alles.«

Ich sah die Programme erst Wochen später. Sie lagen in einer Schuhschachtel im obersten Fach des Kleiderschrankes. »Nehmen Sie sich, was Sie möchten, ein Erinnerungsstück …«, hatte mir der Direktor des Altenheimes nahegelegt, nachdem er mir halb anklagend, halb entschuldigend erklärt hatte, daß ich ihnen nie meine Telefonnummer gegeben hatte und daß sie, als der alte Mann am Mittwoch zuvor »zusammengeklappt war«, gerade noch Zeit hatten, den Krankenwagen zu rufen, aber er sei noch vor der Ankunft im Hospital Israelita gestorben. Am Freitag sei er auf dem Friedhof La Tablada beerdigt worden. Ob ich mich darum kümmern könnte, dem Sohn Bescheid zu sagen. Sie hätten keine Adresse von ihm, sie wüßten nur, daß er in Paris lebt. Ich hatte auch keine, aber ich könnte versuchen, sie herauszufinden.

Leer kam mir das Zimmer Nummer neun noch enger vor als zu der Zeit, als der alte Mann noch unermüdlich darin hin und her schlurfte und grummelte, weil er die Zeitung nicht finden konnte, oder aus der Kissenhülle die Zigaretten herausholte, die man ihm verboten hatte. Das Transistorradio war schon weg. Auf dem schmalen Tischchen neben dem Heizöfchen sah ich, fast leer, das Päckchen Trockenfeigen, das ich ihm Wochen zuvor dagelassen hatte; im Regal ein Rest von dem Brei, *kasha*, in dem Behältnis, das ich ihm ebenfalls gebracht hatte. Ob er überhaupt etwas anderes gegessen hatte?

»Die Kleidung und die Schuhe könnten jemandem aus dem Heim noch gute Dienste leisten«, sagte ich beim Abschied zu dem Direktor, während ich ihm den Schuhkarton voller Papiere zeigte. »Als Erinnerung nehme ich diese Theaterprogramme mit. Wenn ich sie durchgeschaut habe, werde ich sie einer Bibliothek stiften.«

Er widersetzte sich nicht und schätzte es mehr, daß ich die wenigen Kleidungsstücke daließ, für die er noch eine Verwendung hatte. Ich vermute, in seinem Lächeln war eine Spur Mitleid mit dem Idioten, der sich für alte Papiere interessierte, in denen Stücke angekündigt waren, die nicht mehr aufgeführt wurden, an Theatern, die es nicht mehr gab, und mit Schauspielern, die seit Jahrzehnten tot waren. Ich machte mir nicht die Mühe, ihm zu erklären, daß es genau diese Phantasmen, diese Bruchstücke einer verschwundenen Welt waren, die diese Papiere für mich so wertvoll machten. Während der Bus durch fast leere Straßen und an blinden Fassaden vorbeifuhr, schien es, als würde sich an diesem regnerischen Sonntag nachmittag niemand hinaustrauen, und ich sah durch das Fenster, wie das trübe Licht erlosch, je weiter wir in die Stadt kamen. Ich hielt den Karton auf meinem Schoß fest umklammert, fast fürchtete ich, ihn zu verlieren; auf einmal konnte ich nicht mehr bis Colegiales warten und öffnete ihn.

Die Programme waren nicht wie Hefte gemacht, sondern wie kleine Plakate, es waren rechteckige, lange, schmale Blätter mit dem Namen des Theaters in der Kopfzeile, das Soleil, das Excelsior oder das Ombú, manchmal fand man ein Photo des berühmten Stars auf Tournee (ob Jacob Ben Ami oder Molly Picon), auf jeden Fall aber seinen Namen und den Titel des Stücks in großen hebräischen und lateinischen Lettern. In kleinen Lettern, aber ebenfalls in beiden Alphabeten, folgten zwei Kolumnen mit den Angaben zu Besetzung, Spiel-, Uhrzeiten und Preisen. Die Qualität des Papiers war sehr unterschiedlich: Einige Blätter waren gut erhalten, hatten eine satinierte Oberfläche; andere waren sehr dünn, und die blaue und rote Tinte, die durch den Farbkontrast den Blick auf die Aufführung lenken sollte, war verblaßt.

Ich will nicht behaupten, die endlose Fahrt wäre mir kurz vorgekommen, aber je mehr ich durch weniger arme oder durch weniger arm wirkende Viertel kam und die Neonlichter der Pizzerien, Videotheken und Supermärkte die Dunkelheit unterbrachen, kam mir der Gedanke, daß eines dieser Programme eine Aufführung des alten Mannes oder seiner Frau beinhalten müsse. Und in der Tat, bald fand ich die Namen von Sami Warschauer und Perla Ritz, obwohl es mir schwerfiel, den Mann auf dem Photo (schütteres Haar, über der Oberlippe der Schnörkel eines sehr schmalen Schnauzers, hinter dem Kopf einen Scheinwerfer, wie es dem Stil der professionellen Photographie der damaligen Zeit entsprach) mit dem Greis in Verbindung zu bringen, den ich an drei oder vier Sonntagen im Hogar Doctor Mauricio Frenkel dank des Institutsbibliothekars aufgesucht hatte, von dem ich den Tip hatte: »Sie interessieren sich für das jiddische Theater? Es leben nur noch wenige Leute der damaligen Zeit. In einem Altenheim lebte vor kurzem noch der alte Warschauer, der Musikrevuen im Soleil machte.« Bei Perla entdeckte ich unter blondgefärbten Haaren und den zu perfekten Bögen gezupften Brauen die Züge einer x-beliebigen Schauspielerin undefinierbaren Alters, die man sich auf den Seiten von Zeitschriften wie *Antena* oder *Radiolandia* vorstellen konnte.

Das Programm war vom Mai 1945 und feierte, wie zum damaligen Zeitpunkt obligatorisch, den Niedergang des Nationalsozialismus. Sami und Perla lächelten von den Photos, die möglicherweise zehn Jahre früher, in weniger optimistischen Zeiten, aufgenommen worden waren. Das Stück trug den Titel *Siegesrevue*. Ich fuhr mit der Hand über das Papier, als wollte ich etwas berühren, das all die auf diesen Sieg folgenden Desillusionen überlebt hatte (wenn auch nur unter alten Papieren, in einem Schuhkarton, ganz hinten in einem Kleiderschrank, in einem Vorstadtaltenheim).

Da merkte ich, daß ich an der Haltestelle zu meiner Wohnung vorbeigefahren war.

# 2

Tage später hatte ich eine Mappe aus verblichenem Karton mit einhundertzwanzig maschinegeschriebenen Seiten auf diesem hauchdünnen Papier vor mir, das man in der Schreibmaschinenära »Durchschlagpapier« nannte. Der Einband kündigte in hebräischen Buchstaben und blauer Tinte den Titel an, und in derselben Farbe hatte jemand mit großer Sorgfalt, offensichtlich im Umgang mit dem lateinischen Alphabet wenig geübt, die Übersetzung geschrieben: *Siegesrevue.*

Dieser Fund fand an einem wenig pittoresken Schauplatz statt: dem Lesesaal des Instituts für Theatergeschichte im Keller des Teatro Cervantes. Ich ließ mich von einer abwesend wirkenden Archivarin beraten, deren Gedächtnis mir jedoch vertrauenswürdiger schien als die handgeschriebenen, verblichenen Karteikarten, zwischen denen sie lebte. So entdeckte ich weitab stehende Regale, eher staubig als düster, die den Zeiten des jiddischen Theaters gewidmet waren, von dessen Existenz ich ein paar Monate zuvor erfahren hatte und dessen phantasmagorischer Charakter sich mir bestätigte. Plötzlich kam mir diese unterirdische Bibliothek vor wie eine Grotte voller Verheißungen und Geheimnisse. Neugierig, ohne Angst, wartete ich darauf, daß die Gespenster zu mir kamen.

»Wie kann ein junger Mann, der nicht einmal Jude ist, sich für diese Dinge interessieren... Das jiddische Theater ist tot, nicht einmal die Juden interessieren sich noch dafür.« Mein Professor an der Journalistenschule redete auf mich ein, ich

solle mir ein weniger exotisches Thema für meine Abschluß-
arbeit suchen. Ich wußte nicht, was ich ihm antworten sollte.
Ich würde nicht anführen, daß ich zwar unbestreitbar einen
italienischen Nachnamen hatte, meine Mutter aber Finkelstein
hieß, ich hätte damit auf einen Determinismus zurückgegrif-
fen, den ich nicht gutheiße. Wenn ich ihm sagte, daß mich alles, was in Mode und aktuell ist, deprimiert, hätte er mich für
einen frühreifen Snob gehalten. Ich konnte ihm nicht sagen,
daß ich mich für die Archäologie der jüngeren Vergangenheit
begeistere, ich bin kein Akademiker, und solche Begriffe sind
dieser Zunft vorbehalten. Wie schon andere Male in meinem
Leben, von dem die anderen gern betonen, wie jung es ist, das
mir aber an Erfahrung und Erinnerung gewichtiger vorkommt
als meine fünfundzwanzig Jahre, überhörte ich die Einwände,
auch die gutgemeinten, gegen meine Pläne: Ich will vor denen,
die sich über mein unreifes Verhalten lustig machen, nicht zugeben, daß ich mich wie ein Detektiv, ein *private eye* fühle, und
weil die Realität mich nicht mit gefährlichen Ermittlungen be-
auftragt, suche ich sie in Papieren und fremden Erinnerungen.

Die Mappe vor mir enthielt für mich so einen Aufruf. Als
ich sie aufschlug, stellte ich fest, daß der Inhalt nicht dem an-
gegebenen Titel entsprach. Auf der ersten Seite wurde, ebenfalls zweisprachig, ein anderer angekündigt: *Der moldawische
Zuhälter.*

Was hatte das Theater den Menschen damals, vor meiner Zeit,
bedeutet? Bis weit in das 20. Jahrhundert hinein konnten ein
bemalter Karton und ein paar immer wieder neu zugeschnit-
tene und gefärbte Fetzen, zusammen mit den bescheidenen
bunten Lichtern einer Zeit, in der man nicht einmal im Traum

an die Erfindung von variabler Beleuchtung und automatischen Steuerungsanlagen dachte, dem der Illusion ergebenen Zuschauer die Chronik untergegangener Reiche oder Traumrätsel suggerieren, so wie die Lektüre Personen und Abenteuern auf der Bühne der Phantasie Leben einhauchen kann; es ist wie bei den japanischen Papierblumen, die sich öffnen, wenn man sie in Wasser taucht, und erstaunliche Blüten und Farben hervorbringen.

Diese Metaphern, von denen ich weiß, daß sie abgedroschen klingen, sollen einen Eindruck von der Begeisterung vermitteln, mit der ich an einem Winternachmittag in Buenos Aires langsam den Lesesaal, die rein zweckmäßigen Möbel und Lampen, verließ, um mich für zwei Stunden zwischen bunten, veränderlichen Silhouetten, flüchtig wie die Bilder eines Kaleidoskops, zu bewegen; dort sollte ich von wirklichen Leidenschaften erfaßt werden. So vertiefte ich mich in das Werk mit dem Titel *Der moldawische Zuhälter*; was mich anzog, war weniger die Überraschung, etwas vorgefunden zu haben, das nicht mit dem Titel auf dem Deckblatt übereinstimmte, sondern die billige Verführung, die vom Titel ausging.

Ich saß erleichtert vor einem spanischen Text; ein paar jiddische Ausdrücke in Klammern, vor allem bei den Titeln der Musikstücke, brachten mich auf den Gedanken, daß es einen anderen Text gegeben haben mußte, zweifellos das Original, das man aufgeführt hatte; vielleicht war die Übersetzung für irgendeine städtische Behörde bestimmt, die das Stück genehmigen mußte, obwohl ich nicht weiß, ob es zur Zeit der Erstaufführung (wann?) bereits eine Zensur in der Stadt gab. Aber hatte es überhaupt eine Aufführung gegeben? Später sollten mir die freundlichen Karteikästen mitteilen, daß *Der moldawische Zuhälter* nach vier Tagen im Teatro Ombú in der gleichnamigen Straße, heute Pasteur, zwei Spielzeiten lang, 1927 und

18

1928, wechselweise in zwei nicht sonderlich renommierten Kabaretts in der Calle Corrientes gespielt wurde.

Der Vorhang öffnete sich über einer Schenke an den Ufern des Prut in Kishinev. (»Ein gemalter Hintergrund deutet die Perspektive von einem Abhang hinunter zum Fluß an; in der Ferne sieht man das andere Ufer, Wälder und einen Sonnenuntergang.«) Eine Gruppe Mädchen lacht und tanzt, während ein paar ältere Frauen Platten mit den obligatorischen Torten mit Mohn und Käse auf einen Tisch stellen. Es scheint sich um einen Geburtstag zu handeln. Als Musik ist ein *freilach* angegeben, der durch den Auftritt eines »jungen schmucken Mannes, groß, mit schwarzem Haar und traurigen Augen« unterbrochen wird; er hat eine Geige in der Hand, aber nicht er spielt das Violinsolo, das ihn begleitet, während er singt: »Lebt wohl, Freunde, lebt wohl, ich gehe nach Amerika ...« Der schmachtende Gesang bringt die Mädchen zum Weinen. Als er zur letzten Strophe kommt (»Wenn ich eine Frau hätte, wenn sie mit mir reisen würde ...«), kommt plötzlich Leben in das bedrückte Auditorium, die Mädchen umringen den betrübten Troubadour und stimmen im Chor an: »Nimm mich mit, ich will Amerika sehen ...« Vergeblich versuchen die älteren Frauen sie mit schwachen Armen und ängstlichen Klagelauten zurückzuhalten. »Wie der Rattenfänger aus Hameln« geht der Galan einmal über die Bühne, hinter ihm das singende Gefolge seiner Bewunderinnen.

Die zweite Szene wird, noch bevor sich der Vorhang hebt, durch ein Bandoneonsolo angekündigt. (Das Libretto schlägt *Derecho viejo* oder *El Marne* vor.) Die Kulisse zeigt das Deck eines Schiffes im Morgengrauen; als Effekte sind angegeben: Brise und Möwenschreie. Nacheinander tauchen die Mädchen auf und blicken schweigend in die Landschaft (»Das Geländer entspricht der Vorbühne, und die Schauspieler suchen den Horizont ab, die Augen auf die letzte Parkettreihe gerichtet.«), bis eine ruft:»Wo ist die Freiheitsstatue?« Ein Musikstück mit abgehacktem Rhythmus und sich überlagernden Refrains drückt ihre Unruhe aus (»Wo sind wir? Was ist das für ein Hafen dort in der Ferne?«), bis der finstere Galan aus der ersten Szene wieder auftritt, lächelnd, aufgekratzt; er hat jetzt keine Geige mehr in der Hand, sondern ein Bandoneon und singt mit Baritonstimme:»Ein anderes Amerika, das Amerika des Südens, werden wir entdecken, und das ist seine Musik.« Auf einer Boje sitzend, nimmt er das Bandoneon auf die Knie, »mit dem Rücken zum Publikum, damit das vorgetäuschte Spiel nicht allzu offenkundig ist«, und während er Schultern und Arme bewegt, hört man, verstärkt aus dem Orchestergraben, eine Version des Tangos *Re Fa Si*. Nach und nach beginnen die Mädchen, sich im Rhythmus der Musik zu wiegen, und aus den Tiefen des Schiffes kommt eine gleiche Anzahl von eleganten, höflichen jungen Männern, die sie an der Hand nehmen und ihnen die ersten Schritte des Tanzes zeigen, den sie nicht kennen. Der Vorhang senkt sich herab.

Dritte Szene: Die unbekannten Tänzer aus der vorigen Szene sitzen um einen Tisch herum, der durch einen Scheinwerfer aus der Dunkelheit herausgehoben ist. Sie tragen einen Smoking und sprechen über Geld; man versteht nicht gleich, was gemeint ist: 2000 für Posten sechs für Rosario, Posten vierzehn könnt ihr für San Fernando lassen. Plötzlich ein weiterer Lichtstrahl: Der Galan der vorhergehenden Szenen steht auf einem Podest, ohne Geige und ohne Bandoneon, er ist weder traurig noch aufgekratzt; autoritär, laut, bittet er um Aufmerksamkeit und stellt ein sehr junges, nur mit einem transparenten Hemd bekleidetes Mädchen vor; auf der ganzen Bühne geht jetzt das Licht an, man sieht einen Salon, der zu einem Nachtclub gehören könnte. Weitere Männer sitzen an Tischen;

20

einer steigt auf das Podest und hebt das Nachthemd an, um ihr Geschlecht in Augenschein zu nehmen; ein anderer macht das gleiche mit ihrem Mund, er öffnet ihn mit einer Hand, um sich ihre Zähne aus der Nähe anzusehen. Plötzlich beginnt sie zu schluchzen, Musik erklingt, und das Wehklagen wird zu einem Lied, *Aus meinem Stadtviertel*, mit, wie es das Libretto nennt, »entsprechenden Anpassungen«: Anstelle von »in einem Nonnenkloster wurde ich erzogen« heißt es »zu Hause wurde der *shabat* immer geheiligt«. Der Ton wechselt jäh, als die Zeilen kommen: »Heute verkauf' ich mich als Tangotänzerin, man nennt mich flatterhaft, und was weiß ich ...« An dieser Stelle umarmt der Galan, jetzt ganz Lude, das weitersingende Mädchen (»Ich bin eine Blume im Sumpf, eine Soundso.«) und lässt sie tanzen. Die Männer aus dem Publikum applaudieren, die Musik beginnt von vorn, diesmal ohne Gesang, und wird immer lauter, bis sie die Schlußfigur der Tänzer umspielt.

Das Libretto gibt an dieser Stelle eine Pause vor. Und das schien mir auch bei der Lektüre angeraten. Ich war verblüfft. Zu meinem Mißfallen stellte ich nicht zum ersten Mal fest, daß mein Empfinden mir sagt, was anständig ist und was nicht, ganz gleich, wie sehr ich mich bemühe, mich von dem zu distanzieren, was heutzutage als »politisch korrekt« gilt. Ich stellte mir die Frage, wie es möglich war, daß diese musikalische Komödie nicht nur aufgeführt worden war, sondern auch noch Erfolg hatte. Ich entschied, Gnade walten zu lassen. Etwas mußte mir dieses Libretto über das Publikum und über die Zeit sagen, in der niemand von dem Stück peinlich berührt war. Vielleicht würden die nächsten Szenen Aufklärung bringen.

Schnell überflog ich den nächsten Akt. Das hilflose Mädchen heißt Taube, und ihr rebellisches Wesen sorgt dafür, daß sie bald aus einem luxuriösen Etablissement in Rosario herausfliegt (inspiriert von dem Madame Sapphos?), wo man ihr den Namen Yvette de Montmartre gab, und in einem anderen in Buenos Aires landet, Ecke Lavalle und Junín; von dort kommt sie für einige Zeit in das Haus der Bestraften im trostlosen Süden von Tres Arroyos und kehrt dann in die Hauptstadt zurück, wo sie versucht, die gemeine Madame zu töten, die das neue Haus in der Calle Viamonte leitet, dem sie zugeteilt wurde.

Im dritten Akt rettet Méndele, ihr bereits völlig assimilierter Galan, sie aus dem Gefängnis; er nimmt die Schuld für den fehlgeschlagenen Mord auf sich und kauft sich frei, indem er die finstere Organisation, für die er arbeitet, bei der Justiz denunziert. Im Gefängnis entgeht er den Vergeltungsmaßnahmen seiner ehemaligen Kollegen, deren Bosse verhaftet wurden. Sein einziger Trost: die lange Reihe von Mädchen, die ihm Zigaretten, warme Socken, Eau de Cologne und hausgemachte Desserts bringen. Taube ist natürlich die erste in der Reihe, und sie singt das Schlußlied: »Hör auf dein Herz / wenn du dich verloren fühlst / seine Stimme wird dir den Weg weisen / auf dem du Erlösung findest.« Die Melodie geht nach und nach in einen Zweivierteltakt über, die Gitter von Méndeles Zelle fallen wie durch Zauberhand, und in Hemdsärmeln und mit ungekämmtem Haar tanzt er Tango mit Taube; nach und nach bilden die anderen Mädchen Paare und beginnen in respektvollem Abstand ebenfalls zu tanzen.

Unter dem Wort »Vorhang« stand eine mit Bleistift geschriebene Anweisung, falls eine Zugabe gewünscht sei, solle das Schlußlied nicht im Tangorhythmus wiederholt werden, sondern das gesamte Ensemble auf die Bühne kommen und zu Firpos *El amanecer* tanzen.

# 3

Es war früh dunkel geworden an jenem Winterabend, oder vielleicht hatte ich mich länger als gedacht im Keller des Teatro Cervantes aufgehalten, im Institut für Theatergeschichte, das mir jetzt, während ich die Avenida Córdoba überquerte, eher wie eine gefährliche Krypta als wie eine Höhle mit unerwarteten Schätzen erschien. Hartnäckig von ihren Gespenstern verfolgt, ging ich an der von unverhohlen gähnenden Polizisten bewachten Synagoge vorbei zum Teatro Colón. Fragen schossen mir durch den Kopf und harrten ungeduldig der ausweichenden Antworten, die ich unfähig war zu geben. Wem gehörte dieses verlorene, vielleicht in einer fremden Mappe versteckte Libretto? Im Archiv des Instituts tauchte bei dem Titel kein Autorenname auf; aus der Karteikarte *Der moldawische Zuhälter* war nur das Datum der Premiere im Teatro Ombú zu entnehmen.

Mit diesem winzigen Hinweis wollte ich mich im Archiv einer Zeitung umsehen, ob ich eine Nachricht in der Ausgabe jenes Tages fände … Das Zeitungsarchiv der Biblioteca Nacional war nicht zugänglich: Das Personal befand sich seit ewigen Zeiten im Streik, und so sah ich mich gezwungen, wieder einmal die Bibliothek des Congreso de la Nación aufzusuchen, deren nächtliche Öffnungszeiten mir schon bei anderen Gelegenheiten dienlich gewesen waren. Dort sollte ich noch am selben Tag nach Mitternacht, nachdem ich mir unter vor Polizeinachrichten aus ihrer Jugendzeit dösenden Rentnern (»Pipe

Ayerza entführt«, »Petiso Orejudo schlägt wieder zu«)* und Angestellten mit halbgeschlossenen Lidern, ihren mit warmem Wasser aus Thermoskannen zubereiteten Mate schlürfend, mühsam einen Platz erobert hatte, entdecken, daß weder *La Nación* noch *La Prensa* bei ihren Programmhinweisen Aufführungen auf Jiddisch berücksichtigten.

Ich hatte schon resigniert und wollte den Arbeitstag für beendet erklären, als ich auf dem Weg zum Ausgang einen eindeutig kurzsichtigen alten Mann sah, der hinter den seinen Kopf überragenden Seiten der gebundenen *Jiddischen Tageszeitung* untergetaucht, wenn nicht gar eingeschlafen war. Ich ging auf ihn zu und stellte fest, daß die Zeitung nicht nur auf Jiddisch abgefaßt war, sondern auch Kolumnen auf Spanisch oder zumindest in lateinischen Lettern enthielt. Voll neuer Hoffnung wollte ich schon auf den Tisch am Eingang zugehen, als der fragwürdige Leser, plötzlich munter, mir ein welkes, aber freundschaftliches Lächeln schenkte.

»Wollten Sie diesen Band einsehen?«

Ich versicherte ihm, ich wollte ihn ihm nicht wegnehmen, und seine Gutwilligkeit nutzend, fragte ich ihn, ob die Zeitung Veranstaltungshinweise für Theateraufführungen enthielte. Sogleich stellte ich mit einer gewissen Besorgnis fest, daß ich eine Schleuse geöffnet hatte: wie so viele »ältere« Leute würde dieser Mann, hatte er erst einen Gesprächspartner gefunden, sich die Gelegenheit nicht entgehen und einen Wortschwall über mir niedergehen lassen. Er stellte eine Frage nach der anderen: Was ich denn suchte, irgendein spezielles Theater, vielleicht die Tourneen von Maurice Schwartz oder von Ben Amí, er erinnerte sich an keinen Geringeren als an Alexander Moissi,

---

* Es handelt sich um einen berühmten Entführungsfall aus den dreißiger Jahren, bei dem ein Junge aus reicher Familie entführt und ermordet wurde.

er hatte Molly Picon in *Ach, was für ein Mädchen* gesehen, und als wollte er es beweisen, sang er mit halbgeschlossenen Augen *Oy iz dos a meydl!* Seinem Gedächtnis könnte ich vertrauen: »Ich vergesse, was in der vergangenen Woche passiert ist, zum Glück, aber bei Dingen, die mir wichtig sind, können Sie mir glauben. Sehen Sie, ich erinnere mich sogar an die Tragische Woche 1919, als nationalistische Gruppen in den Straßen von Once und Almagro Juden töteten und die Polizei wegschaute, obwohl ich da gerade mal zehn war.« Ein metallisches Lachen, das sein künstliches Gebiß erbeben ließ, unterstrich jeden Satz, ohne den Schwall zu unterbrechen.

Ich weiß nicht, ob eine plötzliche Eingebung oder einfach nur die Notwendigkeit, ihn zu unterbrechen, mich dazu trieb, ihm übergangslos das Datum 1927, den Namen des Teatro Ombú und den Titel *Der moldawische Zuhälter* entgegenzuschleudern. Sein Lachen drohte die Angestellten in der Nähe aufzuwecken.

»Ich war da, mit meinen ersten langen Hosen. Ich weiß nicht mehr, was ich zu Hause erzählt habe, meine Eltern wären gestorben, wenn sie gewußt hätten, daß ich mir dieses Stück anschaue ...«

Ein anonymes Zischeln und der strenge Blick einer jungen Leserin ließen es mir angeraten erscheinen, das Gespräch außerhalb der Bibliothek fortzusetzen. Ich lud ihn ein, in einem der zu dieser späten Stunde noch geöffneten Cafés in der Avenida Entre Ríos etwas zu trinken. Voller Begeisterung und erstaunlich beweglich stand der alte Mann auf, schüttelte ein paar Krumen unidentifizierbarer Herkunft von den Reverskragen und sagte mit fester Stimme:

»Ariel Nisenson, zu Ihren Diensten.«

Minuten später, an einem Tisch des Café Quórum, nachdem er mich gefragt hatte, ob er einen Whisky bestellen könne, betrachtete er mit theatralisch wirkender Wehmut das imposante Kongreßgebäude, den schützenden Eisenzaun, die Wachposten. Nur wenige Passanten gingen eilig vorbei, vor Kälte ganz in sich zusammengerollt; niemand schien das Gebäude oder die Institution zu bedrohen.

»Wo sind wir hingekommen! Die Volksvertreter müssen sich jetzt schon gegen die Angriffe des Volkes verteidigen ... Na ja, mich überrascht nichts mehr, das Land hat immer von Lügen gelebt, aus Irigoyen haben sie ein Idol gemacht, dabei hat er die Erschießungen in Patagonien angeordnet und während der Tragischen Woche weggeschaut ...«

Es war nicht leicht für mich, ihn aus seinen historischen Betrachtungen herauszureißen, die ja durchaus der Wahrheit entsprechen mochten, aber bis zum Morgengrauen dauern konnten. Schließlich unterbrach ich ihn. Ich kam wieder direkt zur Sache: Wußte er, wer *Der moldawische Zuhälter* geschrieben hatte?

»Natürlich: Theo Auer. Haben Sie ihn kennengelernt? Ach was, können Sie ja nicht! Sie sind noch zu jung. Auer muß Ende der fünfziger Jahre gestorben sein, glaube ich; jedenfalls vor der Verhaftung von Eichmann ... Ein verrückter Kauz. Na ja, so sehr auch wieder nicht ... Es wurden Sachen über ihn erzählt. Am Ende seines Lebens war er Heiratsvermittler, *shatkhes*, wenn Sie mich verstehen. Er bediente seine Kunden jeden Tag im Café León, das gibt es nicht mehr, Ecke Corrientes und Pueyrredón. Man sagte, er sei in seiner Jugend ein prima Kerl gewesen. Na ja, über die Toten immer nur Gutes ... Trotz des Publikumserfolges wurde das Stück von den Landsleuten schlecht aufgenommen, Sie wissen, damals wurde Stimmung gegen die Zuhälter und all das gemacht, die Nationalisten machten sich die Existenz der Zuhältermafia ›Zwi Migdal‹ und der ›Polinnen‹ für ihre antisemitische Propaganda zunutze, als würden ihnen die aus Marseille und die ›Französinnen‹ nicht das Territorium streitig machen. Nicht daß das Stück ein Lob auf die Prostitution wäre, weit gefehlt, aber es zeigte einen sentimentalen, reuigen Zuhälter und ein Mädchen mit gutem Herzen ... Sie werden verstehen, die Gemeinschaft hat immer auf das ›bloß keine Wellen schlagen‹, ›besser den Mund halten‹ gebaut. Wenige Tage nach der Premiere im Ombú übten sie Druck aus, damit das Stück aus dem Programm genommen wurde. Aber es wurde weiter aufgeführt, noch dazu in der Calle Corrientes, in zwei Theatern von Laucha Gutman, der das Thema nicht abstoßend fand ... Wer weiß, warum ... Als die Organisation 1930 zerfiel und die Zuhälter nach Montevideo oder nach Rio de Janeiro flohen und die Mädchen auf der Straße standen, war das auch nicht besser, das kann ich Ihnen versichern.«

Mühsam versuchte ich ihn zu dem Punkt zu bringen, welche Beziehung dieser mysteriöse Theo Auer zu dem Thema seines Werks hatte: Sollte es eine Verteidigungsrede sein? Oder eine Denunziation, die ihr Ziel verfehlte? Spiegelte es die zwiespältigen Gefühle eines Teiles des Publikums zum Thema wider? Je weiter ich meine Fragen stellte, desto mehr hatte ich das unangenehme Gefühl, ich würde meinem Gesprächspartner die Antworten aufdrängen, aber als ich den Versuch machte, ihn ohne Anleitung weitersprechen zu lassen, kehrte er zu seiner historisch-politischen Interpretation zurück, in der Uriburu, Perón und die nachfolgenden Regierungen, ob militärische oder zivile, sich in einem ähnlich waren: Man konnte ihnen nicht trauen. »Euch jungen Leuten hat man eine Gehirnwäsche verpaßt ... Glauben Sie mir, seit Alvear hat es nicht eine einzige Regierung wie die Menschen hier gegeben.«

»Nun, ich habe von Theo Auer nur gehört, und wie heißt es im Tango ›Die Leute sind schlecht und reden‹. Warum besuchen Sie nicht seine Tochter, sie lebt noch. Sie war Bibliothe-

karin im Colegio Hatikva, bis man sie zwang, in den Ruhe-
stand zu gehen, aber letztes Jahr war sie noch mit Stock und
allem auf dem Jahresfest der Schule. Man kann Ihnen dort ihre
Nummer geben.«

Von der Kasse aus warf man uns mittlerweile schon nicht
mehr ungeduldige, sondern resignierte Blicke zu. Die Uhr zeigte
fast drei, es hatte angefangen zu nieseln, und wir waren die
einzigen Gäste. Ich rief den Kellner, und während ich zahlte,
bedachte Señor Nisenson mich noch mit einem letzten, unerwarteten Kommentar:

»Wie die Zeiten sich ändern, vor nicht allzu langer Zeit gab
es in diesem Café zu dieser Stunde noch Frauen, die es wert
waren. Was ist passiert? Es würde mich nicht wundern, wenn
sie heutzutage in die Bingohalle in der Calle Rivadavia gingen,
die um sechs Uhr schließt...«

# 4

»So, Sie besuchen also alte Leutchen ... Seien Sie bloß vorsichtig, wenn Sie selbst alt sind, werden Sie hinter jungen Leuten herlaufen, die Ihnen nicht einmal mehr die Uhrzeit sagen.«

Die Frau, die mich spöttisch taxierte, saß, eingehüllt in einen Poncho, versunken in einem breiten Sessel, dessen verblichener Bezug noch entfernt an Hortensien auf dunkelgrünem Grund erinnerte. Trotz der graublonden Strähnen und einem dichten Faltennetz war kein Zaudern in ihrem scharfen Blick. Ich hatte ihr erklärt, wie ich über *Der moldawische Zuhälter* auf den Namen Theo Auer gekommen und wie ich bei der Suche nach Spuren aus der Zeit des jiddischen Theaters auf dieses Werk gestoßen war; ich hatte ihr auch von meinen Begegnungen mit Sami Warschauer und Ariel Nisenson erzählt. Mein Bericht schien ihr Mißtrauen nicht zerstreut zu haben.

»Das jiddische Theater ist tot, es war eine Sache armer Emigranten, einer Gemeinschaft ohne Zukunft. Inzwischen sind sie integriert, fragen Sie mich nicht, ob das gut oder schlecht ist. Ich verstehe nicht, warum Sie all das wieder aufwühlen wollen.«

Ich gab ihr eine verkürzte Version dessen, was ich ein paarmal vor meinem Professor an der Journalistenschule vorgetragen hatte. Es beruhigte mich, daß die Neugier von jemandem, den sie für einen *goi* halten mußte, ihr nicht verdächtig erschien.

»Nur ein nichtjüdischer Junge kann sich für diese alten Kamellen interessieren und seinen Forschergeist darauf richten. Es waren sehr einfache Inszenierungen mit laienhaften Darstellern. Das Publikum wollte nur seine Sprache hören, die bereits ausstarb, ohne daß man es merkte. Und ich spreche von einer Zeit lange bevor man Hebräisch lernte, um nach Israel auszuwandern: von den zwanziger, dreißiger Jahren ... Heute gibt es, glaube ich, zum Glück keine Spur mehr des Jiddischen.«

Ich wollte sie nicht enttäuschen, denn aus ihren Worten hörte ich weniger eine Überzeugung heraus als die Macht des Wunsches, *wishful thinking*; ich hatte beim Betreten der Wohnung eine gerahmte Karte des Staates Israel gesehen. Unter den wenigen Gegenständen, die das nüchterne Interieur ein wenig belebten, waren zwei Photographien in Silberrahmen von im Stil des 19. Jahrhunderts gekleideten Personen, vor denen ich stehenblieb. Von ihrem Sessel aus deutete sie auf eine:

»Mein Vater, Teófilo Auerbach. Er war kein Theatermann, und am Ende seines Lebens wurde er wütend, wenn man ihn an das – recht erfolgreiche – Stück erinnerte. Dieser Warschauer, von dem Sie sprachen, hat ihn einmal bedrängt; er wollte es wieder aufführen; mein Vater hat ihn zum Teufel geschickt. Der Erfolg war ihm egal, es störte ihn, daß das Werk Anlaß zu Fehldeutungen gab. Nun, die Jugend sieht die Reichweite ihres Handelns nicht voraus.«

Ich fragte sie, ob die Frau auf dem anderen Photo ihre Mutter sei. Sie lachte amüsiert.

»Oh nein. Schön wär's. Das ist Bertha Pappenheim. Haben Sie noch nie von ihr gehört? Sie war der Stolz der europäischen Jüdinnen. Anfang des 20. Jahrhunderts gründete sie Gesellschaften, um gegen die Zuhälter vorzugehen, sie machte Reisen nach Osteuropa, um sich die Lage im *Ansiedlungsrayon* anzusehen. Bestimmt haben Sie auch davon nichts gehört, das ist das Gebiet, auf dem sich die Juden im russischen Reich ansiedeln durften, fern von den großen Städten ...«

Ich bat sie, mir mehr von dieser Frau und ihren Aktionen zu erzählen, die ich nicht kannte und für die sie offenkundig eine große Bewunderung hegte.

»Sie müssen nur in eine Bibliothek gehen. Informieren Sie sich, es gibt Bücher darüber. Ihr jungen Leute habt ja heutzutage keine Ahnung von Informationsbeschaffung, ihr habt doch alle Internet zu Hause ... Aber, Vorsicht, nicht alles, was da so im Äther unterwegs ist, stimmt. Auf jeden Fall sollten Sie wissen, daß Bertha Pappenheim mit einer Courage, wie sie vor ihr und nach ihr kein Mann bewiesen hat, anprangerte, daß so viele gefallene arme jüdische Mädchen von ebenfalls jüdischen Zuhältern skrupellos ausgebeutet wurden, und verlangte, man müsse den Grund für die Unterdrückung der Frauen in unserer Tradition suchen. Wie sonst ließe sich erklären, daß die Zuhälter so gläubig waren, daß sie ihre eigenen Synagogen und Friedhöfe bauen ließen, als die Gemeinschaft sie vertrieb? Die Frau war von Anfang an *unsauber*; war sie erst gefallen, wurde sie zu einer Ware. Sie werden sicher wissen, daß in der traditionellen Synagoge sogar die Ehefrauen und Mütter in einem anderen Stockwerk sind, getrennt und diskriminiert, und daß sie keinen Zutritt zu den heiligen Texten und zum Studium haben. Nun, um so besser: Wenn sie studierten, sind die, die die Möglichkeit hatten, eine Universität zu besuchen, direkt zu Marx und Engels übergelaufen, anstatt den Talmud zu lesen. Von Rosa Luxemburg haben Sie gehört, will ich hoffen.«

Ich wagte es, sie auf die Diskrepanz zwischen dieser Bewunderung und der Tatsache, daß sie im Eingangsbereich ihrer Wohnung eine Karte von Israel hängen hatte, hinzuweisen

31

(eine *mesusa*, dachte ich, eine dieser Schriftkapseln am Tür-
pfosten, aber ich hütete mich, meine Kenntnis der Tradition zu
verraten). Sie lachte wieder.

»Wir werden uns bestimmt wiedertreffen, uns weiter unter-
halten. Vielleicht lernen wir uns ein bißchen kennen. Sie sind
ein eigenartiger junger Mann. Nehmen Sie das nicht als Belei-
digung: ich meine außergewöhnlich. Über Israel will ich nicht
sprechen. Denken Sie einfach, Israel ist eine Sache und die
Israelis eine andere. Wie in Frankreich, nicht wahr? ›Freiheit,
Gleichheit, Brüderlichkeit‹, das ist Frankreich für die Leute
meines Alters. Mein Vater hatte sein Leben lang ein Bild von
Zola in der Bibliothek. Dann sind da noch die Franzosen, so
wie sie sich während der Besatzung gezeigt haben. Aber lassen
wir das jetzt, es wird spät. Rufen Sie mich an, wann immer Sie
wollen.«

# 5

Die Winterabende von Buenos Aires, das abnehmende Licht,
die Feuchtigkeit, haben etwas besonders Bedrückendes, vor
allem an leeren Sonntagen, und laden besonders dazu ein, sich
in frenetische Tätigkeit zu flüchten. Ich denke, für einige bietet
sich die Liebe an, Zärtlichkeiten und hingehauchte Worte, zwischen vier Wänden und warmen Laken verschmelzende Körper; für andere die Parallelwelt der Romane oder des Kinos.
Ich bekenne, für erstere bin ich zu schüchtern, ich habe das
Thema nur äußerst selten und ungeschickt streifen können,
und zu anspruchsvoll für letztere; sie nimmt meine Phantasie
nur für Augenblicke gefangen und hinterläßt in mir eine blei-
bende Unzufriedenheit.

Ich frage mich, ob ich mich nicht wegen dieser leeren Sonn-
tage so unvorsichtig auf diese ungewollten Abwege begeben
habe, die sich mir im Verlauf meiner Nachforschung eröffnet
hatten; anfangs hatte diese Nachforschung noch mit meinen
Studien zu tun, aber sehr bald hatte sie sich verselbständigt
und mir romanhaftere Figuren und Umfelder geboten als erfundene Geschichten in gedruckter Form. Der Professor fragte
mich ironisch, wie meine Nachforschungen liefen, ohne zu
bemerken, daß dieser Terminus aus dem Polizeijargon exakt
meinem Vorgehen entsprach: Ich las alte Zeitungen, alte Theaterprogramme, konsultierte statt Geschichts- alte Telefon-
bücher, besuchte Leute, stellte Fragen und verglich abends am
Bildschirm meines Mac die ausweichenden oder unvollständi-
gen Antworten miteinander. Auf dem erleuchteten Rechteck

sammelte ich Beschreibungen von Verhaltensweisen und Orten: ein dichtes Netz an gelebtem Leben, in das ich einzudringen versuchte, an dem ich teilhaben wollte. Es barg die Möglichkeit, mich aus meiner trostlosen Zweizimmerwohnung in Colegiales zu erretten, wo ein Porzellanservice das einzige Relikt der Vergangenheit war; ich hatte es nie benutzt und in die hinterste Ecke eines Wandschranks verbannt; weder meine Mutter noch mein Vater hatten das Geschirr gewollt, als sie sich trennten, ich vermute, weil es sie an eine Ehe erinnerte, die sie lieber vergessen wollten.

So kam ich dazu, mich über die »Zwi Migdal« zu informieren, die »dunkle Organisation« und ihre Verbindungen zu den Vorgängerinnen, Gesellschaften »zur gegenseitigen Unterstützung« wie die »Varsovia« und die »Asquenasum« mit ihren parallelen Friedhöfen und den versteckten Synagogen in den Häusern in der Córdoba Nummer 3280 in Buenos Aires und in der Güemes Nummer 2965 in Rosario. Und über den Widerstand der Gemeinschaft: Ich erfuhr von den Schildern, die Roberto Arlt gesehen hatte, »Zuhälter werden nicht bedient« in den Geschäften und »Zuhältern ist das Betreten verboten« in den Theatern; über die Anzeigen bei Gericht von flüchtigen Frauen aus irgendeinem Bordell, die immer von Richtern, Staatsanwälten, Kommissaren und einfachen Polizeibeamten, alles untadelige Christen und von der Organisation bestochen, abgeschmettert wurden. Ich informierte mich über Raquel Liberman, der man einreden wollte, ihre Ersparnisse hätten sich beim Börsencrash 1929 an der Wall Street in Luft aufgelöst, und der man, als sie das nicht glauben wollte, erst androhte, ihr Gesicht zu verunstalten und noch Schlimmeres, wenn sie nicht aufgab; und über Richter Rodríguez Ocampo, der sie anhörte, schützte und einhundertacht Verantwortliche der »Zwi Migdal« vor Gericht brachte, die nicht umgehend mit den ihnen von

Kommissar Eduardo Santiago verkauften Pässen außer Landes geflohen waren.

Aber diese Silhouetten und Anekdoten waren für mich nur die reale Grundlage für weitere Silhouetten und Anekdoten, die aus der Provinz des Show-Business stammten, das mich überhaupt erst zu ihnen geführt hatte. Ich fürchte, ich bin im Grunde immer noch der Jugendliche, der auf der Straße Unbekannte verfolgte, die erfundene Geschichten in sich zu tragen schienen, weil er sehen wollte, wo sie hingingen, mit wem sie sich trafen, wo sie lebten, und der mehr als einmal von diesen allzu wirklichen, wütenden oder einfach verwirrten Leuten gefragt wurde, was er da mache, bevor er sie in Fiktion verwandeln konnte.

Nein, die Vorstellungskraft war nicht viel anders als die, mit der ich anfing, aus Fragmenten der Wirklichkeit, aus ein paar Namen und Daten, das Leben von Figuren zu einem Roman zu gestalten und ausgehend von lediglich erahnten Umständen ihre Geschichten zu erfinden ...

ZWEITER TEIL

# 1

In manchen Frühlingsnächten dringt der Geruch des Meeres
bis nach Tres Arroyos vor. Manch einer behauptet, der Wind
brächte sogar das Geräusch der Wellen mit, aber ich halte das
für Einbildung. Der Salzgeruch in der frischen Brise, eine Ab-
kühlung der ersten Hitze des nahenden Sommers, das mag ich
glauben. Aber nicht mehr. In einem nichtasphaltierten Patio,
im Oktober 1931, als der Weg noch nicht vom Qualm aus den
Auspuffrohren der wenigen Lkws ausgelöscht wurde und man
noch nicht das allgegenwärtige Raunen unsichtbarer Fernseher hörte, ist es möglich, daß das Mädchen im Schaukelstuhl
zwischen Blumentöpfen mit Hortensien und Malven unter
einem Ziegeldach einen Moment abgelenkt war, als es in der
Luft diese Ankündigung der neuen Jahreszeit spürte.

Ein Schal liegt über ihren Knien. Sie hat ihn mitgenommen,
um ihn um die Schultern zu legen, denn sie trägt nur ein dün-
nes Batistnachthemd, aber als sie in den Patio kam, hat sie ihn
so gefaltet liegenlassen und die kühle Brise in der warmen Luft
genossen. Den Geruch nach Mief, Zigarettenrauch und Des-
infektionsmittel hat sie hinter sich zurückgelassen, aber sie
weiß, es wird nicht lange dauern, bis Doña Carmen nach ihr rufen wird. (Doña Carmen, die eigentlich Feigele Szuster heißt
und immer über das R in dem für sie gewählten Namen stol-
pert.) Aber sie hat gelernt, daß der Frieden, den andere Glück
und wieder andere Wonne nennen, nicht in Zeit, sondern in
der Intensität des stets flüchtigen Augenblicks gemessen wird,

in dem er uns gewährt ist. Und an diesem Abend wird Doña Carmen beschäftigt sein: Kloter Leille stattet ihr seinen monatlichen Besuch ab, und sie haben sich zurückgezogen, um die Zahlen durchzugehen.

Das Mädchen ist neunzehn Jahre alt, aber das weiß sie nicht: Sie kennt weder Datum noch Ort ihrer Geburt. Sie kam mit einem mehrfach gefalteten, an den Kanten abgestoßenen Papier nach Argentinien; auf dem standen viele Dinge, die sie nicht lesen konnte, und da war auch das Photo, das ein fahrender Photograf im Dorf von ihr gemacht hatte und auf dem sie sich nicht wiedererkennt. Jedenfalls landete dieses Papier (das während der Überfahrt in ihren Unterrock eingenäht war) in den Händen eines Mannes, dessen Namen sie nicht verstand, und wurde dann von der Besitzerin des einen Hauses an die des nächsten weitergereicht. Jetzt wird es von Doña Carmen zusammen mit ähnlichen Papieren der anderen Mädchen – sie sagt »Pässe« dazu – in einer tabakfarbenen kalbslederen Mappe mit weißen Flecken, – sie sagt »ohne Geburtsnamen« dazu – in der abgeschlossenen obersten Schublade ihres Schreibtischs aufbewahrt.

Das Mädchen kann ein einziges Wort schreiben: Zsuzsa, ihren Namen. (Im Dorf sprach man es Yuya aus; als sie nach Buenos Aires kam, sagte man ihr, es hieße Susana.) Das große Schiff brachte sie von Triest nach Montevideo, und in einem kleineren überquerte sie mit fünf weiteren Mädchen in einer so klaren Nacht den Río de la Plata, daß sie die Sterne zählen und die neuen Bilder entdecken konnten, zu denen sie sich am Himmel zusammenfügten. Die anderen Mädchen hat sie nie wiedergesehen. Die hübschesten wurden in eine Stadt namens Rosario gebracht, die anderen blieben in Buenos Aires. Sie überstand die Befragung der Einwanderungsbehörde dank des Individuums, dessen Namen sie nicht verstanden hatte und der den Angestellten, denen er irgend etwas auf Spanisch erklärte, Respekt einzuflößen schien; dann sagte er zu den Mädchen in einer Mischung aus Russisch und Jiddisch, um die Formalitäten zu beschleunigen, sie sollten erklären, sie seien Nichten von ihm oder seiner Frau.

Vor zwei Jahren hatte sie diese Kontrolle passiert, und unter den ersten Worten, die sie in dem neuen Land lernte, waren »Dampfschiff« und der Name Mihanovich, der zusammen mit dem Wort »danke« ihrem unbekannten Gastgeber nicht über die Lippen kommen wollte, aber das sind nur noch Erinnerungen in ihrem Kopf. Damals hatte sie saubere Hände, jetzt betrachtet sie die bläulichroten Flecken und weiß, sosehr sie die Hände auch mit Seife aus Marseille schrubbt, sie kann die Spur des Kaliumpermanganats nicht auslöschen, mit dem sie Penis und Hoden ihrer Freier waschen muß. Und weil sie einem von ihnen »wehtat«, hatte die Rundreise begonnen, von dem Haus der Señora Rifka in der Calle Paso zu dem des alten Srul in der Calle Tucumán; dort hatte sie es sich herausgenommen, ein paar einem Freier aus der Tasche gefallene Geldscheine einzustecken, der hatte es bemerkt und sie beim Besitzer denunziert.

So war sie bei Kloter Leille gelandet, bei den Bestraften. Sie hatte sich unter ihren Kolleginnen mit einem blonden Mädchen angefreundet, das den ganzen Tag Tangos sang, ihr Name war Esther, sie wußte, daß sie vor siebzehn Jahren in Rumänien geboren war, und war stolz darauf, in zwölf Bordellen gearbeitet zu haben, bis sie, nachdem sie ein paar Freier »da« gebissen hatte, in Tres Arroyos landete. Sie schliefen häufig zusammen, Arm in Arm, und obwohl es Doña Carmen mißfiel (»Keine Schweinereien in diesem Haus!«), tolerierte sie diese Augenblicke der Zärtlichkeit, vielleicht sogar der Zuneigung, denn die Arbeit litt nicht darunter. Wie alt war Doña Carmen?

Esther zufolge über Sechzig, aber für Zsuzsa war ein solches Alter unvorstellbar. Sie sieht älter aus als ihre Mutter in der Erinnerung... Jedenfalls machen sie das sorgfältige Make-up und die Frisur mit Wellen an den Schläfen und über den wie bei allen alten Menschen viel zu großen Ohren nicht jünger.

Esther hat Zsuzsa auch erzählt, daß Doña Carmen ein paar Monate im Gefängnis war. Als man sie aus dem Verkehr zog, hatte sie versucht, »auf eigene Rechnung Kohle zu machen«. Sie war mit einem kleinen Pekinesen im koketten Tweedmäntelchen über die Plaza Lavalle spaziert. Ein Polizist in Zivil, der ihr mehrfach begegnet war, ging an einem Oktobertag, an dem angesichts der Frühlingstemperaturen der Mantel für das Tier unangebracht war, auf sie zu; nachdem er dem erschöpften Pekinesen lächelnd ein paar Streicheleinheiten geschenkt hatte, faßte er entschlossen unter den Mantel und förderte ein paar Umschläge mit Kokain zutage, die dort auf Feigeles neue Kunden warteten, die mehrheitlich mit der Vorstellung einer erotischen Dienstleistung schon nichts mehr anfangen konnten. Monate später, bereits als Carmen, ein Name, den Leille für die »Südgrenze« geeigneter fand, hatte Feigele das Gefängnis Buen Pastor verlassen und war zähneknirschend nach Tres Arroyos umgezogen.

Zsuzsa weiß nicht, was Tweed ist, und mit dem Namen Plaza Lavalle verbindet sie kein Bild, das Wort Kokain hingegen bringt sie zum Lachen wie das weiße Pulver, das ein Freier sie in der Calle Paso durch die Nase einsaugen ließ, bevor er sie nahm. In Tres Arroyos hat Doña Carmen es für die Musiker reserviert, die samstags abends in ebendiesem Patio Tango spielen, in dem Zsuzsa jetzt mit geschlossenen Augen seufzt, als könne sie die von weither kommende, leicht salzige Brise in ihren Lungen zurückhalten. Am Ende dieser samstäglichen Nächte, wenn die letzten Freier gehen, die Musiker leise für sich selbst und nicht mehr zum Tanz spielen, verändern das Bandoneon, die Gitarre und die Geige ihre Stimme: Sie scheinen zu singen, zu sprechen.

Zsuzsa hört ihnen immer noch eine Weile zu. Es naht die Stunde, in der sie bis zum kommenden Mittag schlafen kann, und sie weiß, sie wird in dieser Nacht nicht allein schlafen und auch nicht im Schutz von Esthers Arm. Der Bandoneonspieler flüstert mehr, als daß er singt:

»He, Mädchen, hör
die melodischen Akkorde des Bandoneons,
he, Mädchen, hör
das ängstliche Schlagen meines armen Herzens,
he, Mädchen, hör,
wie aus diesem Tango die Bilder des Gestern
auftauchen ...«

Er heißt Samuel Warschauer und sieht sehr jung aus. Doña Carmen erlaubt ihm, für den Preis einer Nummer bis zum anderen Morgen in Zsuzsas Bett zu schlafen; er trinkt dann schweigend an dem gemeinschaftlichen Tisch seinen Milchkaffee und verschwindet wortlos bis zum nächsten Samstag. Das ist der Moment, in dem Bertha, die Älteste des Hauses, immer in beißenden Ätherdunst gehüllt, Zsuzsa spöttisch anlächelt und mit polnischem Akzent, jede Silbe betonend, sagt: »Irgendwann wird er nicht mehr wiederkommen.«

Zsuzsa weiß das. Was sie nicht weiß, denn sie hat keine Romane gelesen, ist, daß sie verliebt ist; sie versteht nur, daß er mit ihr ein »Verhältnis« hat. In den ersten Nächten hatte er sie einfach benutzt wie jeder andere Freier und war dann neben ihr eingeschlafen; später hatte er sich Zeit genommen, sie zu streicheln und ihr zu zeigen, was die Hand eines Mannes ohne

Eile an den Brustwarzen und zwischen den Beinen einer Frau zum Leben erwecken kann, so abgestumpft sie auch sein mag. Einmal hatte er ihr sogar einen Kuß gegeben.

Aber vor allem hatte er ganz allmählich angefangen zu reden. Erst über die Häuser, in denen er spielte, in Bahía Blanca, in Coronel Pringles, in Ingeniero White. Später über sich. Manchmal verstand sie nicht alles, was er sagte, aber sie spürte, daß er nicht jedem soviel von sich preisgab. So erfuhr sie, daß Samuel in Buenos Aires geboren wurde; seine Eltern hatten den Ozean überquert und besaßen eine Matratzenhandlung in Paternal; sie hatten ihn hinausgeworfen, als er, anstatt den vom Vater bezahlten Geigenunterricht zu besuchen, Bandoneon spielen lernte. »Bandoneon, das ist Tango, und Tango, da kommt man auf die schiefe Bahn.« Samuel lacht, aber Zsuzsa sieht in seinen Augen eine große Traurigkeit, als er den Satz des Vaters zitiert, der, obwohl halb taub, große Ehrfurcht vor der Musik hat, vor allem vor der Geige, die er zwar kaum hören kann, von der er aber weiß, daß sie das einzige Instrument für einen anständigen jüdischen Jungen ist... (In Tarnopol, als Lehrling in der Werkstatt, hatte er sich mit einer Matratzennadel das rechte Trommelfell durchstochen, um nicht in das zaristische Heer eingezogen zu werden.)

Esther hatte Zsuzsa gesagt, sie solle sich keine Illusionen machen, sie solle nicht davon träumen, daß Samuel sie freikauft und weit wegbringt... Weit weg wovon? Zsuzsa wäre das nicht in den Sinn gekommen, aber allein, daß die Gefährtin darüber sprach, wie unrealistisch eine solche Vorstellung ist, reichte aus, eine Möglichkeit, an die sie selbst nie gedacht hatte, in ihren Gedanken schüchtern Gestalt annehmen zu lassen. Was gab es außerhalb der Häuser, in denen sie gewesen war? In der alten Heimat hatte sie nur ein Dorf mit ungepflasterten Straßen kennengelernt, und mit dreizehn Jahren hatte man sie dem Hausbesitzer übergeben; ihre Eltern hatten sie mit einem Kuß auf die Stirn zu ihm geschickt, sie schuldeten für viele Monate die Miete. In dem neuen Land war alles anders, die Männer rochen nach Zigaretten, nach Bier, nach Desinfektionsseife, nicht nach im Hemd festsitzendem altem Schweiß und eingetrocknetem Mist an den Sohlen.

An einem Montagabend, als sie noch in Buenos Aires war, hatte Señora Rifka die Mädchen in einem offenen Wagen durch Palermo gefahren; dort hatte sie ordentliche Gärten, einen künstlichen See und weißgekleidete Kinder gesehen, Bilder, mit denen sie nichts verband, reine Illustrationen, wenn auch animiert, wie die aus den Zeitschriften *Caras y Caretas* oder *El Hogar*, von denen Doña Carmen alte Nummern auf das flache Tischchen im Warteraum legte und die kein Mann durchblätterte. Auch Samuel schien aus einer unvorstellbaren Welt zu kommen, ganz anders als alles, was sie kannte, eine Welt, verheißungsvoll durch die Musik des Tangos und nicht so sehr durch die Texte, die sie nur halb versteht.

Es ist fast eine Stunde vergangen, und niemand hat sie gerufen. Plötzlich hat sie Angst. Waren Freier gekommen und hatten andere Mädchen gewählt? Und wenn sie an diesem Abend nicht die nötige Anzahl Münzen zusammenbekommt, um Doña Carmens Strafe zu entgehen? Sie schaut in der Küche vorbei und sieht Pancha, ehemals Pancho, mit dem beschäftigt, was sie ihr tägliches Wunder nennt: Reste in einen annehmbaren Eintopf zu verwandeln. Sie macht ihr ein Zeichen und hebt fragend das Kinn. »Niemand da, Yuyita; niemand; ganz ruhig, ich sage dir Bescheid, wenn Freier kommen«, flüstert sie ihr, lächelnd wie immer, zu; »die Chefin ist noch bei der Abrechnung.« Und bevor sie zu ihrem Eintopf zurückkehrt, haucht sie einen Kuß in die Luft. Zsuzsa mag sie sehr, Pancha kocht nicht nur, sie schneidet ihnen das Haar und kämmt sie, sie wäscht und bügelt die Nachthemden und fährt ohne große Sorgfalt mit einem Staubwedel und einem Schrubber durch die Zimmer. Sie arbeitete lange Jahre in einem Haus in Ensenada als »besondere Attraktion«, bis das Alter sie zwang, den Job zu wechseln, nicht aber das Milieu; wenn sie ihre Anekdoten zum besten gibt, muß sogar Doña Carmen lachen.

Sie ist auf dem Weg zurück zu dem Schaukelstuhl im Patio, als sie von einem seltsamen Geräusch überrascht wird, das sie nicht als den laufenden Motor eines hundert Meter entfernt parkenden Autos erkennt. Die Mauer verstellt ihr die Sicht, aber dieses gedämpfte Brummen erinnert sie an ein anderes, das ihr inmitten von Gelächter und Geschrei jeden Samstag das Eintreffen der Musiker ankündigt. Das Tor geht auf, und in der Dunkelheit erkennt sie – aber ist nicht Dienstag? Was macht er hier? – Samuel, der sogleich bei ihr ist und ihr zuflüstert, sie dürften keine Zeit verlieren, sie bei der Taille packt und sie so, wie sie ist, barfuß und im Nachthemd, aus dem Hof hinaus auf die Straße bringt, dorthin, wo Doña Carmen ihnen verboten hat, sich zu zeigen. Er zerrt sie im Laufschritt bis zu dem mit laufendem Motor in der Nähe stehenden Chevrolet; hinter dem Lenkrad erkennt sie Marcos, den Geiger; er fährt sofort los, biegt um die Ecke und nimmt einen in der Dunkelheit nicht zu erkennenden Weg.

Zsuzsa weiß nicht, wo man sie hinbringt. Die salzige Brise bläst kräftig an diesem Novemberabend, und ich bin sicher, sie lauscht ihrem pochenden Herzen, als wäre es die ferne Brandung, die man niemals von Tres Arroyos aus hören kann.

# 2

An diesen Abend wird Zsuzsa noch oft zurückdenken: an den salzigen Wind in ihrem Gesicht, den schützenden Arm von Samuel und die ungekannte Erregung, die dieser Arm in ihr weckte, eine gelassene Neugier, was sie am Ende dieser Reise erwartete, und vollkommene Sorglosigkeit, als gäbe es nichts außer dieser Umarmung und der an den Autofenstern vorbeisausenden Dunkelheit: Auf einmal zählte nur das für sie, barfuß und im Nachthemd, an diesen Musiker geschmiegt, an dessen Seite sie so viele Samstagnächte geschlafen hatte, von dem sie sich hatte benutzen lassen wie von jedem anderen Freier, bevor er ihr eines Morgens zum ersten Mal in ihrem Leben Lust bescherte, sie einen Augenblick der Abwesenheit oder Erfüllung spüren ließ, für den sie das Wort Orgasmus nicht kannte, etwas, von dem sie sich nicht hatte vorstellen können, daß ein Mann es einer Frau schenken könnte.

In einem Pensionszimmer in Ingeniero White wartet Zsuzsa, die jetzt den Namen Susana angenommen hat, auf Samuel. Am Fenster sitzend, blättert sie lustlos eine Ausgabe der Frauenzeitschrift *Vosotras* durch, die sie nicht lesen kann, deren Bilder ihr aber ein wenig Zerstreuung bieten. Von der Straße dringt der verworrene Lärm des nahegelegenen Hafens zu ihr hinauf, Stimmen, ein Ruf in einer unbekannten Sprache, die müde Bewegung eines auslaufenden oder festmachenden Schiffes, vermischt mit dem dumpfen Rattern des Zuges am anderen Ende der Calle Cárrega unter der Brücke La Niña de Hierro. Sie ist krank, sie hustet und sie kennt den Namen der Krankheit nicht, die wenige Wochen später ihrem Leben ein Ende setzen wird. Sie ist nicht ungeduldig, Samuel kommt nie um dieselbe Zeit, aber er hat immer etwas zu essen und eine tröstliche Flasche dabei. Und er streichelt sie wie beim ersten Mal, als sie Lust empfand, obwohl Zsuzsa jetzt schnell müde wird und diesen blinden Moment des Vergessens nicht mehr erreicht, den dunklen Blitz, den sie in Tres Arroyos entdeckte und der sie für immer mit diesem Mann verband. Aber die Erinnerung an die Lust genügt ihr: Sie löscht das Pensionszimmer, die feuchten Flecken, den durch die Ritzen eindringenden Fettgeruch aus.

Samuel erzählt ihr alles. Er spielt immer noch Bandoneon, aber nicht mehr in den Absteigen der Stadt und des Umkreises; die lokalen Impresarios sind auf ihn aufmerksam geworden, und jetzt ist er Teil des Ensembles Milongueros del Sur: Er spielt auf den Karnevalsbällen und hat sogar Einladungen aus Viedma und Carmen de Patagones. Außerdem hat er eine Frau kennengelernt, Perl Rust, die zwei Jahre vorher auf eigene Faust zu Fuß aus einem Haus in Granadero Baigorria, in Santa Fe, geflohen war und in diesem entlegenen Süden von den Orchestermusikern geschützt wird. Die Männer von Zacharías Zitnitzky, der nach den Razzien von 1930 mit dem falschen, von Kommissar Santiago beschafften Paß nach Montevideo ausgereist war, haben aufgehört, sie zu suchen; sie drohen ihr nicht mehr, sie nach Rosario mitzunehmen, ihr Gesicht zu verunstalten und sie abends in einer der Logen mit Jalousien im Cine Alhambra arbeiten zu lassen; sie hat eine gute Stimme und singt jetzt Tangos mit dem Orchester.

Zsuzsa durchschaut, daß Perl Samuel gefällt, aber sie möchte glauben, daß er die andere nicht mehr liebt als sie; sie ahnt dunkel, daß das Mitleid ein verdrehtes, stärkeres und verschlungeneres Gefühl sein kann als die Liebe, sie ist sich sicher, daß Samuel sie in diesem Zustand, »krank und matt«, nicht verlassen wird. Auf jeden Fall singt Perl nicht nur: Sie arbeitet auf eigene Rechnung und gibt Samuel einen Teil ihres Verdienstes; mit diesem Geld kann er Zsuzsa die eine oder andere Annehmlichkeit bereiten.

Zsuzsa will nicht wissen, was Perl für ein Gesicht hat. Samuel ist vorsichtig und spricht nicht viel über sie, er erwähnte lediglich, daß sie die Sängerin des Orchesters ist und er sie nett findet. Ein anderes Mal sagte er, sie hätte ihm Geld geliehen und »aus der Not geholfen«; Zsuzsa weiß, was das bedeutet, und auch wenn die Geste sie nicht sonderlich berührt, ahnt sie doch, daß ihre Tage allmählich gezählt sind. An manchen Abenden weint sie, und wenn sie einmal anfängt, kann sie nicht mehr aufhören; auch wenn sie nicht erklären könnte, warum sie weint, zieht vor ihrem geistigen Auge ihr eigenes Gesicht vorbei, wie sie es oft im Spiegel der Kleiderschranktür sieht, eingefallen, vorzeitig gealtert durch das Make-up, das eigentlich die Spuren der Krankheit verbergen sollte, und ein anderes, jung und frisch, dessen vage Züge sich jedesmal verändern und von dem sie nur weiß, es gehört Perl, der Frau, die noch arbeiten kann, wie sie es nicht mehr vermag, und Samuel das verdiente Geld gibt.

An diesem Abend kommt Samuel um kurz vor neun. Er hat eine Flasche mit Likör oder Schnaps dabei, auf deren Boden güldene Partikelchen wie Feilspäne aus Gold schimmern, und in der Tat steht auf dem Etikett *Danziger Goldwasser*. Sie lachen und halten sie gegen die auf dem Nachttisch brennende Lampe mit der türkisfarbenen Glocke, sie schütteln sie leicht und sehen die Reste falschen Goldes aufsteigen, durcheinanderwirbeln und herabsinken. Und wenn sie echt wären? Samuel hat die Flasche vom Kapitän eines polnischen Schiffes, der Tango liebt und bis zum Morgengrauen im Salon Los Tres

Hemisferios getanzt hatte, wo die Milongueros del Sur zur Zeit auftreten, das Orchester hatte sich schon zurückgezogen, und nur Samuel war geblieben, um ihn zu begleiten, während der Seemann eifrig und unermüdlich, gefolgt von zwei schlaftrunkenen Tangotänzerinnen, Schritte und Figuren tanzte.

An diesem Abend würde Samuel dorthin zurückkehren, um bis in die Puppen zu spielen. Zsuzsa weiß, was das bedeutet: Er wird mit ihr ein paar Scheiben Schinken auf Roggenbrot essen, zwei oder drei Gläser Whisky trinken und sie streicheln, bis sie eingeschlafen ist und er mit ruhigem Gewissen zur Arbeit gehen kann ... Aber Zsuzsa gibt nur vor zu schlafen. Sie begreift, daß Samuels Zärtlichkeiten, von denen sie zu anderen Zeiten glaubte, sie wären ein nur ihr zugestandenes Privileg, für ihn jetzt eine Ausflucht waren: So sparte er sich die Energie für Perls Bett ein paar Stunden später auf.

Samuel ist gegangen. Zsuzsa ist wieder einmal allein. Sie hustet nicht mehr. Sie fühlt sich leicht fiebrig und reibt unter dem Nachthemd die Beine aneinander, als könnte sie so Erleichterung von einem Brennen finden, das vielleicht nicht körperlicher Natur ist. Plötzlich verspürt sie den Drang, genommen zu werden, nicht daß man sie streicheln, ihr zärtliche Worte sagen oder vorsichtig in sie eindringen soll; sie will sich so entkräften, bis sie das Gefühl hat, an dieser Entkräftung zu sterben, sie will sich so verausgaben wie damals, als die Freier sich einer nach dem anderen über ihren Körper schoben, alle zehn, fünfzehn Minuten ein neuer, und sie kaum Zeit fand, das Hygieneritual einzuhalten, das man ihr gleich nach ihrer Ankunft in Buenos Aires beigebracht hatte. Sie schaut ihre Finger an, auf denen immer noch etwas von der bläulichroten Farbe zu sehen ist, die keine Seife wegwaschen konnte, und sie spürt, wie eine Kraft über sie kommt, die sie wenige Minuten zuvor noch nicht verspürte. Sie steht auf und legt sich den Wollmantel um, ihr einziges Kleidungsstück; unter den zwei Paar Schuhen wählt sie das neuere, perlgraue mit den hohen Absätzen und schlüpft ohne Strümpfe hinein; auf dem Ausschnitt verteilt sie den Rest des Blütenwassers aus dem Flakon, den Samuel ihr geschenkt hat, als sie in der Pension ankamen, »der Anfang eines neuen Lebens«. Bevor sie hinausgeht, wirft sie einen kurzen Blick in den Spiegel, wendet ihn aber sofort wieder ab, um die fiebrigen Augen und die Reste des verschmierten Make-ups nicht sehen zu müssen.

Ingeniero White ist der Name des Hafens von Bahía Blanca: Er beschreibt auf Englisch die Farblosigkeit, die die ersten Reisenden in Erstaunen versetzte, als sie die weiten, weißen Strände, nur hier und da unterbrochen von sich in Schlammgruben tummelnden Krebsen, entdeckten. In dem feinen Juninebel, gelbgefärbt vom schwachen Licht der Laternen, sehe ich eine taumelnde Frauengestalt auftauchen. Zsuzsa geht durch die Straßen zu den Kais zwischen Eisenbahngleisen, die die Endstation mit den einzelnen Lagern verbinden, deren Namen auf den hohen Blechdächern stehen: Drysdale, Dreyfus, Bunge & Born. Sie weiß nicht, wo sich das befindet, was sie sucht, vielleicht weiß sie nicht einmal, was sie sucht; auf jeden Fall ist es kein Mann, obwohl ein Mann genau das Mittel sein könnte, um sie von der namenlosen, verzehrenden Unruhe zu befreien.

Neue Kais, neue Silos werden in Ingeniero White gebaut, Arbeiter aus Patagonien und Chile arbeiten im Hafen und vermischen sich mit den europäischen Immigranten. Zsuzsa begegnet einigen auf ihrem Weg, und sie schauen weg, so wie sie es vor ihrem Spiegelbild in der Kleiderschranktür getan hatte; diese Ablehnung demütigt sie nicht, sie ist für sie eine Bestätigung der unerwarteten Kraft, die sie antreibt. Sie bleibt einen Moment vor dem beschlagenen Fenster des Salónica stehen, um die griechischen Seeleute zu beobachten, die sich an der Schulter gefaßt haben und Seite an Seite tanzen. In der Ferne kann sie in einer Leuchtreklame die Buchstaben entziffern, die die Worte Los Tres Hemisferios bilden; da zögert sie nicht länger und geht festen Schrittes darauf zu.

Ob Perl die rotgekleidete Frau ist, die *La muchacha del circo* für das abgelenkte Publikum singt? Sie ist älter als Zsuzsa und von einer ganz anderen Energie beseelt als der fiebrigen, die Zsuzsa antreibt; in ihren schwarzen Augen liegt Entschlossenheit, vielleicht Unbändigkeit, und der wechselnde Gesichtsausdruck, der die Lieder begleitet, verleiht ihr etwas Verklärtes. Hinter ihr erkennt Zsuzsa unter den Musikern Samuel; er scheint nur Augen für das auf dem Lüstertuch auf seinen Knien ruhende Bandoneon zu haben; an diesen Knien erkennt Zsuzsa die alte Hose wieder, die sie einmal zwischen den Beinen geflickt hat. Das Orchester leiht ihm nur das Smokingoberteil, ein eher aus Verschleiß als gewollt glänzendes Jackett, das weiße Hemd und die schwarze Fliege. Ob Perl das rote Kleid auch geliehen bekommt? Es hat einen tiefen V-Ausschnitt und am Rockteil einen Schlitz, der für ein paar Augenblicke flüchtig einen Blick auf die Beine in gemusterten Strümpfen gewährt. Perls Stimme ist warm, sie hat nicht das Schrille oder das Lispeln anderer Tangosängerinnen, und obwohl Zsuzsa den Text nicht versteht, spürt sie, daß ihre Worte starke Gefühle ausdrücken, und es scheinen die der Tangosängerin selbst zu sein. Wer weiß, wenn sie den Text verstünde, würde sie vielleicht erkennen, daß es auch ihre Gefühle sind.

Zsuzsa hat sich an einen Tisch gesetzt und bemerkt die Geste nicht, mit der der Besitzer von der Kasse aus den Kellner auffordert, sich von ihr fernzuhalten. Auch sie winkt ihn nicht zu sich. Eine Verrückte im Fieberwahn mit eingefallenem Gesicht, verwischter Schminke, in einem mausgrauen Mantel, unter dem das Nachthemd hervorschaut, ist in diesem Freudenlokal unerwünscht, auch wenn es das Ziel des Lokals ist, ein paar tanzfreudige Nachtschwärmer anzulocken, vielleicht auch mit Lust auf mehr, aber ohne die Aufmerksamkeit der Polizei zu erregen. Zsuzsa wartet darauf, daß Samuel sie sieht, daß er den Blick von dem Instrument hebt, dessen Tasten er streichelt, über das er sich mal leidenschaftlich beugt, um dann wieder wie ein Kind mit ihm zu spielen. Schließlich kreuzen sich ihre Blicke: Er lacht nicht, und in dem über sein Gesicht huschenden Schatten erkennt sie, ohne sich der Illusion eines Irrtums hinzugeben, die Scham, die Angst, die ihre Anwesenheit in dem Lokal in ihm hervorrufen.

Perl hört auf zu singen. Ein paar Männer aus dem Publikum applaudieren, das Orchester macht eine Pause, und während die anderen Musiker die Bühne verlassen, um sich an einen Tisch zu setzen und einen Gin zu trinken, tut Samuel so, als stimme er das Bandoneon, als suche er eine Partitur, irgendwas, um den Moment aufzuschieben, in dem er Zsuzsa bemerken, auf sie zugehen und mit ihr wenigstens ein paar Worte wechseln muß. Zsuzsa sieht Perl an einem Zweiertisch warten, verständnislos Samuels sinnlose Aktivitäten beobachten, und da wird ihr klar, daß es besser für sie ist zu gehen, in die Pension zurückzukehren, auch wenn sie nicht weiß, wo sie ist oder wie sie dorthinfindet. Als sie auf die Straße hinausgeht, überfällt sie der kalte Wind, der Husten ist wieder da, sie lehnt sich an die Wand und spuckt auf den Gehweg. Der rote Fleck fließt zäh zu einem Gully.

Es sollte das letzte Mal sein, daß Zsuzsa ein paar Schritte außerhalb der Pension machen konnte. Zwei Wochen später wird sie sie verlassen und auf die Station für Infektionskrankheiten des Hospital Municipal eingewiesen, wo sie stirbt, bevor der Frühling wiederkehrt. Samuel ist jeden Nachmittag bei ihr; dafür hat er auf eine Tournee mit den Milongueros del Sur verzichtet, die ihn nach Tandil, sogar nach Mar del Plata geführt hätte. Vor ihr nimmt er sich in acht: Nicht ein einziges Mal rutscht ihm Perls Name heraus. Er bringt ihr Flakons mit Blütenwasser und bunte Taschentücher, und wenn die Krankenschwester nicht vorbeikommt und die anderen Patienten zu schlafen scheinen, streichelt er sie, da, wo es ihr so gefiel, obwohl sie es jetzt kaum noch spürt.

Dieses Schwinden der Fähigkeit zu fühlen zeigt ihr über die beschönigenden Ausdrücke der Ärzte und Samuels trauriges Lächeln hinaus, daß ihr Leben erlischt. Die verschossene Farbe der Wände, die feuchten Flecken am Himmel, sie haben eine andere Form, aber sie erkennt in ihnen dieselben Gesichter wie in denen der Pension; der Gestank der Ölöfen, kaum abgemildert durch die im warmen Wasser eines Topfes schwimmenden Eukalyptusblätter: All das löst sich mit den Tagen und den Stunden auf, die mal nicht vergehen wollen und dann wieder dahinjagen. In irgendeinem Moment wird sie wieder das kleine Mädchen sein, das auf einem ungepflasterten Weg zwischen Akazien und Linden entlanggeht, sich auf die kühle Wiese wirft und dort Purzelbäume schlägt, bis es atemlos ist, in einem Land, das seinen Namen zwischen verschobenen Grenzen geändert hat; das Mädchen, das versucht, sich die unvorstellbare Welt auf der anderen Seite des Ozeans auszumalen.

# 3

Es war Perl, die anfing, Samuel Sami zu nennen. Sie wußte, sie
hätte sofort verloren, wenn sie es gewagt hätte, eine Bemerkung über Zsuzsa zu machen, wenn ihr nur eine Anspielung
auf die kranke, in einem Pensionszimmer in der Calle Cárrega
daniederliegende Gefährtin herausgerutscht wäre. Zsuzsa war
in Samuels Gedanken nur allzu präsent, das wußte Perl, ebenso wie sie in seinen Reden nicht auftauchte, und das Ver-
schwiegene entfaltet eine erschreckende Macht. Sehr bald
begriff Perl, daß die ihr von Samuel zugewiesene Rolle als
Trösterin, Komplizin, bei der er sich auch körperlich Erleichterung verschaffen konnte, eine zukunftsträchtige Investition
sein könnte: Marcos, der Geiger der Milongueros del Sur,
hatte ihr von Zsuzsas Existenz berichtet und ihr anvertraut,
daß Zsuzsa nicht mehr lange zu leben habe. Perl wollte voller
Würde und Hingabe das unvermeidliche Ende abwarten, das
Sami, ohne doppeltes Spiel, zu ihrem Mann machen würde, zu
dem Mann, der sie – so sah es Perl voraus – aus Ingeniero
White, aus Bahía Blanca herausholen, und sie, wer weiß, sogar
unter neuem Namen mit nach Buenos Aires nehmen würde.

In der Früh, wenn im Los Tres Hemisferios die Lichter aus-
gingen, gab sich Perl in ihrem Zimmer im ersten Stock Samuel
keuchend, mit gehauchten Worten und einer letzten, fast spontanen Bewegung des Schambeins hin, die ihren großzügigsten
Kunden vorbehalten gewesen war. Aber an die dachte sie nicht.
Sie hatte die in Granadero Baigorria vergeudeten Jahre vergessen. Ihr bereits fühlloser Köper ahmte die Lust, die sie nicht

empfand, durch eine ehrliche Hingabe an Samis Lust nach. Sie spürte, wie er sich zwischen ihren Beinen, über ihren Brüsten bewegte, bis er den Höhepunkt erreichte, nach dem er zitterte wie ein kleines Kind kurz vor dem Einschlafen. Bevor sie ihn in mütterlicher Umarmung wiegte, nahm Perl ihm das Kondom ab, als streichelte sie ihn, und warf es in die Wanne unter dem Bett.

Sie begleitete ihn nicht auf den israelitischen Teil des Friedhofs von Ingeniero White, ein winziges Terrain, gepeitscht von einem Wind, der weniger die salzige Verheißung des Meeres enthielt als den Rost eines verlassenen Schiffes und die von den fahrenden Frachtschiffen ausgestoßenen Öldämpfe. Marcos würde ihr das numerierte Grab in einem Seitenweg beschreiben, den Granitstein, in den man einen Namen graviert hatte, weder Zsuzsa noch Susana, sondern Yuya, ohne Nachnamen und ohne Geburtsdatum, die niemand kannte, und einen Satz: »Sie verließ Samuel am 4. September 1934«.

Bevor Samuel an diesem Abend die Bühne des Los Tres Hemisferios betrat, umarmte Perl ihn wortlos und gab ihm einen langen Kuß, den sie ihm zu dieser Zeit und an diesem Ort sonst nicht gab; er ließ sich küssen und lächelte, ohne sie anzusehen, und dann ging er hinaus und bat seine Orchesterkollegen um *A la gran muñeca, Für die tolle Puppe*, ein Stück, das sie nicht oft spielten. Während sie auf ihren Gesangsauftritt wartete, sah Perl ihn so konzentriert spielen, wie sie es selten bei ihm gesehen hatte. Im Gang, wo sie wartete, zwischen den improvisierten Garderoben inmitten von Putzutensilien, zwischen den Bierkästen und der Bühne, wo die Musiker spielten, betrachtete Perl sich in einem schlecht beleuchteten Spiegel, einer abgenutzten Oberfläche, in der sie die harten Züge erkannte, die das Gewerbe einem mit den Jahren aufdrückte.

Einen unendlichen Augenblick lang mußte sie wieder an die Schneiderwerkstatt in der Calle Paso denken, wo Recha Klatschmann sie nach ihrer Flucht aus Granadero Baigorria aufgenommen hatte, an die Heizung, die nur angeschaltet wurde, wenn Freier da waren, an die drei Mädchen, die blitzschnell Nadel und Faden und Bordüren in die Hand nehmen mußten, wenn die Inspektoren von der Gesundheitsbehörde unangemeldet kamen, um Gerüchten nachzugehen, während der jeweilige Freier, den Reißverschluß der Hose hochziehend, durch den Hintereingang schlüpfte; weiter zurück an die Lehrjahre der Unterwerfung in Santa Fe; oder noch weiter zurück an den Dampfer und ganz weit zurück an die Illusionen, mit denen sie in einem Hafen am Schwarzen Meer als eines von vielen Mädchen von Señora de Zabladovich an Bord gegangen war. (Dieselbe, die sie im September auf einem Photo in *Caras y Caretas* wiedererkannt hatte, hochmütig und eingehüllt in Pelze, wie sie vor dem Gericht als »Emma, die Millionärin« aussagte!) Aus diesem Augenblick außerhalb der Zeit kehrte Perl in das Los Tres Hemisferios zurück, und ihr war klar, sie durfte sich kein Zögern erlauben: Aus Samuel mußte Sami werden.

Sie hatte begriffen, daß Sami, wie so viele Männer, ein Romantiker war. Sie hielt sich, wie so viele Frauen, für praktisch, ausgeglichen, vernünftig. Sie würde in Samis Phantasie nie den Platz eines so tragischen und unglücklichen Geschöpfes wie Zsuzsa einnehmen; ihr Plan, bescheiden, aber alles andere als leicht, war, sich im Alltagsleben ihres Mannes unentbehrlich zu machen; ihre Aufgabe sah sie darin, Sami den Hang zum Pathetischen auszutreiben, ihn aus dem Tango zu retten. Dank ihm könnte sie vielleicht das friedliche Leben führen, das sie sich seit der fernen Zeit, in der sie in einem Haus in Granadero Baigorria Jugend und Glauben zurückließ, gewünscht hatte, ohne daß sie zu hoffen gewagt hätte, daß es ihr eines Tages beschieden sein würde.

An einem Winterabend kam in das Los Tres Hemisferios ein korpulenter, kahlköpfiger Mann aus Buenos Aires mit dichten Augenbrauen und einer randlosen Brille, der mit einer äußerst feinen Zigarettenspitze rauchte. Nachdem er Samuel spielen und Perl singen gehört hatte, kam er mit einer Höflichkeit auf sie zu, die sie beide nicht gewohnt waren. Es war der berühmte Dirigent des Orchesters Pancho Lomuto, von dem Perl Minuten zuvor *Cachadora* gesungen hatte, den größten Erfolg des Orchesters. Lomuto war auf Tournee durch die Provinz, und der Ersatz für den kranken Stammspieler an einem Abend, ein Geiger aus der Region, der mit Di Sarli gespielt hatte, bevor dieser in die Hauptstadt ging, hatte die Neugier des Besuchers geweckt, als er ihm erzählte, in einer Bar in Ingeniero White würden die Musiker neben Eigenkompositionen auch *La revoltosa* oder *La rezongona* spielen. Bei dieser kurzen Begegnung lud Lomuto Sami und Perl für den darauffolgenden Tag an seinen Tisch ins Hotel de Londres mitten im Zentrum von Bahía Blanca ein.

Als erfahrener Mann von Welt malte ihnen der Hauptstädter dieses für sie unerreichbare Umfeld in den rosigsten Farben aus: Er erzählte ihnen von den Kreuzfahrten nach Brasilien oder nach Feuerland, bei denen sein erstes Orchester aufgetreten war, er brachte sie mit der Anekdote von der unvorsichtigen englischen Touristin zum Lachen, die das Ziel einer Kreuzfahrt verwechselt hatte und, in Tüll und Musselin gehüllt, die Magellanstraße erreichte. Bei der Verabschiedung gab er ihnen seine Visitenkarte und ermutigte sie, ihr Glück in der Hauptstadt zu versuchen; ein Freund von Lomuto war Veranstalter von Revuen auf Jiddisch im Soleil und im Excelsior, und wenn sie die Sprache beherrschten, könnten sie dort ihren ersten Schritt in den Dschungel des Show-Business von Buenos Aires wagen.

Ein wenig aufgeregt verabschiedeten sich Sami und Perl von ihm, den Spiegeln des Hotel de Londres und den sich darin spiegelnden Leuchtern, dem Champagner, den guten Manieren, und nahmen in der Kälte die Straßenbahn nach Ingeniero White zu dem Zimmer im dritten Stock des Los Tres Hemisferios. Sami konnte lediglich ein paar Zweifel anmelden. Perl hatte geistig schon angefangen, die leichten Koffer für ihren neuen Bestimmungsort zu packen. Sie konnten sich nur hervortun: Sie konnte ein doppeltes Repertoire auf Jiddisch und Spanisch pflegen, und er hatte zweifellos mehr Erfahrung als die Musiker, die man in diesen Theatern gewöhnlich antraf. Vorsichtig gab Sami zu bedenken, in der großen Stadt könne es rauh zugehen: Er habe durch die Zeitung von den Angriffen nationalistischer Gruppen auf Kinos erfahren, in denen der Film *Das Haus Rothschild* gezeigt wurde, und auf das Teatro Cómico, wo mehrfach sogar mit Gasbomben die Aufführung von *Die Rassen* gestört wurde, eines österreichischen Werkes, von dessen Autor, Ferdinand Bruckner, Sami nie gedacht hätte, er könne Jude sein. Perl erwiderte, das geschähe nur, weil die Juden nicht in ihrem Viertel blieben und ins Zentrum gingen. Sami schwieg: Insgeheim fürchtete er, eines Abends könnten im Parkett eines dieser Theater in Buenos Aires, wo er sich nicht zu spielen oder, wer weiß, womöglich sogar noch zu singen vorzustellen wagte, seine Eltern sitzen.

Eine Woche später gaben sie eine Probevorstellung vor dem Sekretär des Direktors des Teatro Soleil von Buenos Aires. Perl sang *Papirosen* auf Jiddisch und *El chacotón* auf Spanisch; Sami stellte sich einmal mehr mit *El Marne* vor. Sichtlich beeindruckt, bot der Impresario ihnen für den Anfang bescheidene Gagen, aber eine kostenlose Unterkunft in einem Appartment beim Excelsior um die Ecke an. Außerdem bot er ihnen an, sie könnten mit dem Revueensemble auftreten, das Wochen später zwischen zwei Spielzeiten »ernsthafte Stücke« im Excelsior aufführen würde; er versprach ihnen keine weiteren Auftritte im Soleil, »das Publikum dort ist sehr anspruchsvoll«, aber es würde im Excelsior bestimmt Möglichkeiten geben, die nicht zu verachten waren. Der Impresario hieß Rubén, sie verstanden nicht, ob der Nachname Pasternak oder Pustelnak lautete; er lachte ununterbrochen, trug einen Ring mit einem roten Stein am linken Ringfinger und war von einer Wolke großzügig versprühtem Eau de Cologne umgeben. Obwohl er seine Aufmerksamkeit wohl dosierte, ruhte sein Blick länger auf Perl, und bei der Verabschiedung zog er bei der Sängerin den galanten Händedruck bedeutsam in die Länge.

Als sie sich erst einmal in der Calle Malabia eingerichtet hatten, stellte sich sehr bald eine Art Alltagstrott ein. Samuel schlief bis nach Mittag. Perl ging gegen elf aus, »um einzukaufen«, und blieb eine Weile in Rubéns Büro. Samuel wußte, oder vielleicht auch nicht, von dieser stillschweigenden Übereinkunft, mit der sie die Mietzahlung umgingen, vielleicht ahnte er es. Möglicherweise kultivierte er insgeheim mit hauptstädtischem Stolz die Eitelkeit, eine nicht mehr ganz junge, aber immer noch treu ergebene Frau zu haben.

Die Jahre vergingen. Rubén, sentimental wie er war, verlangte immer noch keine Miete, obwohl er aufgehört hatte, Perls täglichen Besuch einzufordern; Samuel, inzwischen gewohnt, Sami genannt zu werden, sah ihm die verspäteten Gagenzahlungen nach, als eine oberflächliche Krise die friedlichen Wasser von Justos Regierung in Wallung brachte. Auf Lomutos Rat hin hatte Perl angefangen, als Perla Ritz aufzutreten, und sie war erfolgreich dank dieser bescheidenen Veränderung des Namens Rust, auf den die Einwanderungsbehörden ihr Papiere ausgestellt hatten, als sie aus der Ukraine kam. Für das Publikum des Excelsior oder des Soleil trat Sami mehr als Animateur denn als Musiker in Erscheinung. Gelegentlich stimmte er eine Strophe an; groß, agil und, wie es heißt, sympathisch, sollte er als »der jiddische Juan Carlos Thorry« in Erinnerung bleiben. Perl sang hauptsächlich auf Jiddisch mit gelegentlichen Einschüben auf Spanisch bei *Granada* oder *La pulpera de Santa Lucía*. Ihr Erfolg war unbestritten, ging aber nie über die unsichtbaren und rigiden Grenzen von Abasto und Villa Crespo hinaus.

# 4

Perl wußte, daß Zsuzsa in dem Appartment in der Calle Malabia war.

Unsichtbar tränkte sie die bedrückende Tapete mit den geometrischen Formen und den verblichenen Farben (die Rubén bei der Besichtigung als Beispiel modernsten Art décos gepriesen hatte) mit einem leichten Eukalyptusduft, »dem Geruch nach Krankenzimmer«, sie warf einen Schatten auf das Bett, in dem sie und Sami jetzt schliefen, ohne sich zu berühren. Weder das Glas Wasser mit den Kümmelsamen auf dem Balkon noch der Gummibaum mit dem Namen der Abwesenden auf einem an den Wurzeln befestigten Zettel, noch die kleinen im Aschenbecher verbrannten Häufchen armenischen Papiers konnten das Gespenst vertreiben, das vielleicht nur Perl wahrnahm. Unermüdlich wühlte sie in Samis Schubladen, suchte ein Photo, einen Ring, ein Taschentuch, die aus dem Appartment hätten verbannt werden können, um ihrem neuen Leben frischen Schwung zu geben und die Gedanken ihres Mannes zu befreien.

In Europa hatte ein weiterer Krieg begonnen, und das Publikum von Buenos Aires, sogar das der überaus schüchternen jüdischen Mittelklasse, das die jiddischen Aufführungen verfolgte, schien von dem Gefühl besessen zu sein, sich behaupten oder Widerstand leisten zu müssen: Die Leute lachten eifrig, sie waren gerührt, ohne eine Träne zu vergießen, sie gingen ins Theater, obwohl auf der Straße Propagandablätter wie *Pampero* und *Clarinada* verkauft wurden. Perl sah Sami Akkordeon spielen, immer noch auf der begehrten Bühne des Soleil, konnte aber an seinem verkrampften Lächeln, an seinem abwesenden Blick ablesen, wie sehr es ihn demütigte, daß er auf seinen Knien kein Bandoneon mehr hatte, daß er traurig war, *A bisale glik* oder *Ale Farloin* ansprechend spielen zu müssen, anstatt voll und ganz in *Tiempos viejos* oder *Nuevo de julio* aufgehen zu können. Selbst als Sami Dirigent des ständigen Orchesters des Soleil wurde – ein kühnes Ensemble aus ungestimmten Geigen, einem kaum hörbaren Kontrabaß und einer schrillen Klarinette –, wußte Perl, daß dieser Augenblick, für sie ein Augenblick des Triumphs, in Sami nicht das Verlangen nach den schlaflosen Nächten im Los Tres Hemisferios, dem Unglück und der Ungewißheit, sogar dem Elend, auslöschen konnte, nach denen er sich sehnte, wie man sich nach dem ersten unbeholfenen Liebesschmerz sehnt.

Eines Abends hielt Perl sich länger in der Garderobe auf und suchte ein Paar Strümpfe, die nicht an dem Platz waren, an den sie sie hingelegt zu haben glaubte. Als sie das Theater verlassen wollte, überzeugt, daß nur noch der Nachtwächter da war, und das leere, nur schwach von Straßenlaternen erleuchtete Parkett durchquerte, deren Licht durch eine halboffene Tür bis zu den letzten Reihen vordrang, wurde sie von den unverwechselbaren Klängen eines Bandoneons überrascht. Nur durch einen staubigen Lichtstrahl verraten, konnte sie in einer Loge das in sich versunkene Profil, die über das Bandoneon gebeugten Schultern und die nervösen, wachen Hände erkennen, die das Instrument herausforderten und zugleich streichelten. Es war Samuel, nicht mehr Sami, der *Vida mia* spielte. Sie eilte aus dem Theater in das Appartment.

Als Sami eine halbe Stunde später kam, stellte sie sich schlafend und wartete, bis er eingeschlafen war, um im Kasten des Bandoneons nach etwas zu suchen; was genau sie suchte, wußte sie nicht, aber sie war überzeugt, daß sie es dort finden würde. Der leere Blütenwasserflakon war in ein Dessous aus zerknitterter Seide und kaum vergilbter Spitze eingewickelt. Einen endlos langen Moment fühlte Perl sich wehrlos. Sie dachte, Zsuzsa hätte sie besiegt, es hätte keinen Sinn, Widerstand zu leisten; dann legte sie den Flakon wieder so hin, wie sie ihn vorgefunden hatte. In ihrem Hirn hatte bereits ein Entschluß Gestalt angenommen, ohne daß sie ihn bewußt gefaßt hätte.

Am nächsten Tag ging sie zu Doktor Averbuch, gestand ihm, mehrere Abtreibungen und eine Geschlechtskrankheit gehabt zu haben, und bat ihn um Rat und diese nicht kirchliche Absolution, die man in früheren Zeiten von der Medizin erwartete. In den darauffolgenden Nächten umwarb sie einen überraschten, trägen Sami. Einen Monat später stellte sie fest, daß sie schwanger war. Englische und amerikanische Truppen waren in Frankreich an Land gegangen und auf dem Weg nach Paris: Perl wollte glauben, daß ihr Kind in eine Welt geboren würde, in der Juden keine Angst haben müßten.

# 5

Am 18. Mai 1945, im Alter von zwei Monaten, debütierte Maxi Warschauer auf der Bühne des Teatro Soleil von Buenos Aires, indem er auf dem Arm seiner Mutter Perla Ritz eine winzige britische Flagge schwenkte, während diese auf Jiddisch eine Version von *Tipperary* sang.

Die *Siegesrevue* war nicht improvisiert. Trotz der Drohungen nationalistischer Gruppen (die von der Polizei stark kontrolliert wurden, seit durch die Befreiung von Paris der Ausgang des Krieges sogar für die offenkundig war, die es im Schoße der tatsächlichen Regierung gern anders gehabt hätten) hatte Sami Warschauer, schon Wochen bevor Berlin gefallen war, angefangen, eine Reihe von Liedern und Sketchen zusammenzustellen, mit denen das gewohnte Ensemble auftreten und, unterstützt durch die Situation in Europa, ein breiteres Publikum ansprechen konnte als die treuen Familien aus Abasto, Almagro und Villa Crespo, Viertel, in denen die ärmsten Mitglieder der Gemeinde konzentriert waren, deren Geschmack und Sehnsüchte die Aufführungen des Ensembles zu befriedigen wußten.

Es war ein schwieriges Unterfangen zu einer Zeit, in der Titel wie *Hitlers Bande, Bekenntnisse eines Nazispions, Erziehung zum Tod* und *Tage des Ruhms* die Leinwände von Buenos Aires beherrschten. Einige dieser Filme waren Premieren, andere wurden wiederaufgeführt, mehr als einer hatte durch die Neutralität Argentiniens von dem unverdienten Prestige eines Verbots profitiert (besonders die einheimische Produktion *El fin de la noche*, die die berühmte Sängerin Libertad Lamarque im besetzten Frankreich als Aktivistin der Resistance zeigt). Das Werbeduell unter den großen Kaufhäusern griff auf ein gemeinsames Wort zurück: »Sieg!«. Bei der Anzeige von Harrods' wehte es über einer Fackel, »Le jour de gloire est arrivé« stand auf Französisch neben »Libertad, libertad, libertad«, oder das Wort stützte, wie bei der Werbung von Gath & Chaves, eine Nike von Samothrake, Torso und Schenkel unter einem schamhaften Tuch verborgen. Von dem Sekt Tunuyán bis zum Champagner Arizu boten sich viele Schaumweine als das geeigenete Getränk zum Anstoßen auf das Festereignis an. Sami Warschauer war klar, das Wort »Sieg« durfte bei seiner Revue nicht fehlen.

Fünfunddreißig Jahre später kannte Maxi, der sich an jenen Abend nicht mehr erinnern konnte, die während seiner Kindheit und Jugend von Sami und Perla unermüdlich wiederholte Geschichte auswendig. Er wußte beispielsweise, daß die Aufführung mit *Dein ist mein ganzes Herz* geendet hatte, der unverwüstlichen Melodie aus *Land des Lächelns*. In jenem hoffnungsfrohen Mai 1945 wußten weder Sami, der mit geringfügigen Anpassungen des deutschen Originals den Text auf Jiddisch sang, noch die anderen Mitglieder des Ensembles, die die letzte Strophe zum großen feierlichen Finale mitsangen, etwas, das auch Maxi erst erfuhr, als er schon in Frankreich lebte: Der berühmte Komponist dieser Melodie hatte Paris zwei Jahre vor dieser Feier besucht, um die 1001. Aufführung seines Werks, seines größten Erfolg nach *Die lustige Witwe*, zu feiern; derselbe Franz Lehár hatte im Théâtre du Chaillot ein Konzert mit Musikern der Streitkräfte des Dritten Reiches in Galauniform unter einem riesigen, über der Bühne prangenden Hakenkreuz dirigiert. Ob der alte Komponist an jenem Abend an seine fer-

66

nen Anfänge in den Fußstapfen seines Vaters, Dirigent des Musikcorps des österreichisch-ungarischen Heeres, gedacht hatte?

(Unwissenheit kann ein wohltuendes Refugium sein: Das begeisterte Warschauer Ensemble, bereichert durch das verdutzte Baby von Sami und Perla, hat sich an jenem berauschenden Abend im Mai 1945 in Buenos auch nicht vorstellen können, daß einer der Originalverfasser des Librettos, Fritz Löhner, Wochen zuvor in Auschwitz vergast worden war. Ein weiterer Verfasser dieses Librettos, Viktor Hirschfeld, hatte schon vor einiger Zeit, mehr aus naiver Frankophilie als aus Vorsicht, das Pseudonym Victor Léon angenommen.)

Maxi Warschauer sehnte sich jetzt, fünfunddreißig Jahre später, nach dieser winzigen Parzelle der Unwissenheit, als er auf einer improvisierten Bühne vor einem sehr gemischten Publikum in Paris auftrat. Es handelte sich um ein armseliges Konzert-Café in Les Halles, dessen Name die Stadt Buenos Aires evozierte: eine vage Andeutung, vielleicht bestimmt für ein Publikum, dem es nach weniger buntem Exotismus gelüstete als dem, den die kürzlich im Viertel eröffneten brasilianischen Restaurants verbreiteten; oder für die politisch Exilierten, die ihre Wehmut durch eine Fiktion von Kampfgeist kultivierten. In diesem schmalen Lokal präsentierte er auf einer schlecht erleuchteten Bühne jeden Abend eine Gruppe, manchmal einen einzelnen Sänger, Musiker, die an das Prestige glaubten, das ihnen diese Tour durch die »Lichtstadt« an den fernen Ufern des Río de la Plata einbringen würde.

Seine Auftritte gestaltete er wie die veralteten »Kommentare«, die im Goldenen Zeitalter des Radios von einem abgehalfterten Schauspieler mit samtiger oder Grabesstimme vorgetragen wurden. Früher ging es darum, den Zuhörer in die passende Stimmung für die kommende Komposition zu brin-

gen; das Interesse der Impresari, die Maxi unter Vertrag genommen hatten, war, an eine Tradition anzuschließen, die das
Lokal legitimierte. Der dunkle Anzug, mehr geschützt durch
die sparsame Beleuchtung als durch häufiges Aufbereiten in
den Färbereien des Viertels, das vergilbte weiße Seidentuch,
ein Haarfestiger, jetzt Gel genannt, den nur das Wunder der
Theaterkonvention als Pomade durchgehen ließ, verliehen Maxi
Warschauer eindrucksvolle Bühnenpräsenz, die er durch einen
*nom de théâtre* wie Andrés Machado noch gekrönt wähnte.

An so manch einem Abend nach dem schmerzlich frühen
Weggang des letzten Gastes blieb Maxi noch bei den Musikern
und sang, häufig in einem improvisierten Duo, *La última curda*.
»Vor dem Herzen einen Vorhang fallenlassen« mochte der täglichen Entmutigung dieses schäbigen *after hours* entsprechen,
doch ein gewisser Überlebensinstinkt ließ ihn immer wieder
in das Zimmer im Hôtel des Deux Impasses im 11. Arrondissement zu den geflickten Laken, der durchgelegenen Matratze,
dem quietschenden Rost zurückkehren. Bevor er fast sofort
einschlief, widmete er einen kurzen Gedanken seiner Frau,
von der er getrennt, der er aber auf ewig treu war.

»Diese *goi* wird dir noch viel Kopfschmerzen bereiten«, war
einer der letzten Sätze, die seine Mutter wenige Wochen vor
ihrem Tod und wenige Stunden bevor sie geistig die Identität
von Perla Ritz ablegte und sich in die von Perl Rust flüchtete,
gesagt hatte; Perla Ritz, dieser *nom de théâtre* erschien Maxi
lächerlich, doch er mußte zugeben, daß dieser Name sich damals als erfolgreicher erwiesen hatte als Andrés Machado jetzt
bei ihm. Die *goi* hatte einen Namen: Graciela Jijena. Wenige
Jahre zuvor war sie dem unvorhersehbaren Ruf einer Kampfmission gefolgt und nach Spanien ins Exil gegangen. Diese
Phase ihres Lebens hatte sie endgültig von Maxi entfernt, dessen Skeptizismus für die Boten des Neuen Menschen inakzep-

tabel war.

Maxi wußte, daß sie sich in Barcelona aufhielt und als Sekretärin in der Redaktion eines dünnen Blättchens arbeitete, bei dem man schon am Namen (*Evita Capitana*)[*] ablesen konnte, wie wenig es mit der Wirklichkeit zu tun hatte. Ein gemeinsamer Freund hatte ihm ein paar Ausgaben geschickt, reich an Photos von nicht mehr jungen Männern, behaart oder unbehaart, verkleidet mit Phantasieuniformen, die vor dem Porträt der Verstorbenen salutierten und maskenhaft in die Kamera lächelten. Dieser Freund sagte ihm auch, daß Graciela das bescheidene Redaktionsbüro putzte, den »Genossen« ihren morgendlichen Milchkaffee bereitete und ihnen die Knöpfe annähte. Maxi fragte sich fast ohne Groll, ob sie wohl auch mit einem von ihnen schlief oder ob die revolutionäre Disziplin eine solche Möglichkeit ausschloß.

In Paris gab es Ende der siebziger Jahre für ein paar Lateinamerikaner von gestern noch einen Abklatsch von Bohèmeleben, das die neuen Vorschriften und schwachen Hoffnungen am Ende des 20. Jahrhunderts auslöschen sollten. In jenen Jahren vor dem Fall der Berliner Mauer, vor der Ankunft von Akkordeonspielern aus Transsylvanien und Zigeunern von der Krim war es noch möglich, in der Metro der Musik von indianischen Flöten, Gitarren und Trommeln einer Gruppe mürrischer Hochlandindianer in Ponchos aus künstlichem Vigognestoff ausgesetzt zu sein; oder in einem Café am Boulevard Saint-Michel das Flugblatt einer Hellseherin mit einem Namen der traditionellen Bonairenser Oberschicht zugesteckt zu bekommen, die in ihrem Hotelzimmer aus der Hand liest; an einem Nachbartisch konnte man einen *analyste sauvage* aus Chivilcoy beobachten, der jeden Nachmittag mit immerglei-

---

[*] *Evita Capitana* war das Marschlied peronistischer Frauen.

chem Schweigen die Vertraulichkeiten der Gelangweilten und Verzweifelten anhörte.

In diesem Limbus künstlich verlängerter Jugendzeit erfuhr Maxi durch eine Postkarte, daß die *goi* sich aufgemacht hatte, in Nicaragua die Revolution zu unterstützen; das sollte das letzte Lebenszeichen von ihr sein, bis er sie ungefähr 1995 im *Figaro Magazin* als Dolmetscherin im Gefolge des argentinischen Wirtschaftsministers auf seiner Europarundreise abgelichtet sah. Er erkannte sie sofort, nicht gealtert, sondern, dem chirurgischen Credo des Augenblicks folgend, geliftet. Das Wiedersehen beeindruckte ihn nicht; realistisch denkend sagte er sich, er habe sich wohl mehr verändert; er war zu diesem Zeitpunkt Manager des französischen Zweiges eines Schallplattenkonzerns mit Sitz in Deutschland.

Der zweifelhafte Charme einer Pariser Boheme, vorgeprägt durch das Kino und die Romane einer anderen Zeit, hatte sich mit der Zeit abgenutzt: Im Alltag zeigte sie sich nur noch in reizlosen Nachahmungen; zur gleichen Zeit hatte Maxi begonnen, sich eine gewisse Stabilität, ein vorhersehbares Leben zu wünschen, alles, was er in seiner Kindheit nicht gehabt hatte. Langsam, unmerklich, ging er im europäischen Grau unter, nur in Alpträumen wurde er von den bemalten Vorhängen mit Mottenlöchern heimgesucht, die trotz allem für mehrere Generationen wenig anspruchsvoller Zuschauer die Perspektive von Operettenpalästen heraufbeschworen hatten, und in diesen Alpträumen sah er auch zum letzten Mal den bunten Reyon von Perls Rock mit den sich ablösenden Pailletten, Samis changierenden Smoking, alles, was wie eine Geschichte böser Feen seine ersten Lebensjahre eingelullt hatte.

Maxi hatte sich bemüht, auch von Andrés Machado jegliche Spur auszulöschen. Er war seit einiger Zeit mit einer Französin verheiratet, die ihn trotz der Jahre ehelichen Zu-

sammenlebens immer noch von einer Aura exotischen Myste-
riums umgeben sah; diese Treue zu einem Trugbild schmei-
chelte ihm. Mit dieser Frau hatte er eine Tochter, die kein Wort
Spanisch sprach. Zufrieden dachte Maxi, daß es ihm gelungen
war, nach dem Jiddischen einen zweiten Ursprung auszulöschen; bei seinen Geschäftsreisen zog er es vor, englisch zu
sprechen, er fürchtete, wenn er deutsch spräche, was er besser
konnte, würde der Schatten des Jiddischen gebieterisch darin
auftauchen, der Alptraum einer Kindheit zwischen Garderoben, Bühnen und einer Schule, in der man versucht hatte, ihm
eine Religion von unerbittlicher Strenge einzurichten.

Jeden Monat überwies Maxi seinem Vater einen größeren
Betrag, aber er schrieb ihm nur eine Postkarte zum Ende des
christlichen Jahres. Nach Perls Tod war Sami allein in der
Wohnung in der Calle Malabia geblieben, wo er fünfundvierzig
Jahre zuvor vorübergehend gelandet war; die Frauen, die es mit
ihm in seiner Zeit als Witwer noch einmal aufnahmen, hielten
es nie länger als zwei Monate aus, und als ihn die Arthrose be-
fiel, mußte er sich in ein Altersheim in Avellaneda zurück-
ziehen. Maxi stellte sich vor, daß er jiddisch sprach, die Anekdoten aus dem Teatro Soleil wiederholte oder vielleicht vor
einem Publikum gefügiger oder vielleicht glücklicherweise
tauber, jedenfalls weniger geschwätziger alter Leute als sein
Vater, unisono mit einer zerkratzten, knisternden, aber noch
hörbaren alten Schallplatte einen Hit von Benzion Witler und
Shrifeler Lerer sang. Vor vielen Jahren schon hatte Sami seine
Zeiten als Bandoneonspieler und die »unmoralischen Häuser«
vergessen; er dachte nur noch an das zweite Leben, das Perl
für ihn zurechtgeschneidert hatte.

# 6

An einem Januarnachmittag im Jahr 2000 bemerkte Maxi zwischen dem Flughafen Roissy und Paris, daß sein Auto wegrutschte und zugleich bremste, jedenfalls seinen Befehlen nicht mehr gehorchte. Mit Mühe konnte er es auf dem Standstreifen zum Stehen bringen. Früher, dachte er, oder wenigstens in den Filmen von früher, hatte ein langes nachlassendes Pfeifen ein Loch im Reifen angekündigt; er korrigierte sich sofort: Selbst wenn die moderne Technologie dieses warnende Geräusch abgeschafft hatte, hätte der hartnäckig auf das Auto prasselnde Regen es verschluckt. Er fiel nicht nur auf das Dach und die Motorhaube, er strömte in ununterbrochenen, langsamen, fast streichelnden Wellen über die Windschutzscheiben, die die an diesem kurzen Januarnachmittag in Dunkelheit getauchte Landschaft auslöschte. Es fehlte nicht mehr viel, bis auch das letzte armselige Licht erlosch und es um fünf Uhr nachmittags Nacht wurde.

Der Regen versprach keine Erleichterung. Wenige hundert Meter von der Périphérique, mitten auf der A4, konnte er auf keine andere als auf professionelle Hilfe hoffen. Er mußte die Gesellschaft anrufen, bei der er einen Versicherungsvertrag abgeschlossen hatte (der ihm bei jeder Fälligkeit als nutzlose Ausgabe vorkam und bei dem er jetzt zum ersten Mal nicht bereute, ihn verlängert zu haben), aber das Handy weigerte sich, eine Verbindung herzustellen. Vielleicht sollte er warten, bis der Regen nachließ... Im Dunkeln, inmitten der an ihm vorbeirauschenden Autos, sah er vage zwei hohe Türme aus Stahl und Glas, die ihm normalerweise seine Ankunft in Paris ankündigten; vom Regen verhüllt, kamen sie ihm weit weg vor, zum Stadtgebiet gehörig, von dem er durch dieses Vorkommnis ausgeschlossen war.

Er nahm den Unfall gewissermaßen erleichtert hin. Er würde den Flug verpassen, er mußte die Reise verschieben, mit ein bißchen Glück konnte er sie ganz streichen, sie rief in ihm sowieso eine unbestimmte, lästige Angst hervor. Vor drei Monaten hatte der Konzern erfolgreich eine neue Sammlung herausgebracht: *Unvergeßliche Tangos*. Nach dem Erfolg der ersten Wiederaufnahmen von seltenen, aber nicht unauffindbaren Originalen waren die Pläne kühner geworden. Jemand hatte sich an Maxis argentinische Herkunft erinnert, und so sah er sich unvermeidlich mit der Aufgabe konfrontiert, mit weniger gierigen, mehr kapriziösen, manchmal auch nur eifersüchtigen Sammlern zu verhandeln, die sich offen gegen den Gedanken wehrten, ihre Schätze mit einem unbekannten Publikum zu teilen. Sie hörten sie oft selbst nicht an aus Angst, die dünne Platte zu zerkratzen oder zu zerbrechen.

Angeleitet von den Offenbarungen von Julio Nudler, dessen *Tango judío* alle mit vielen Unterstreichungen versehen hatten, visierten die Berater des Konzerns als nächstes Ziel die wenigen Platten von Rosita Montemar an. Maxi sollte persönlich nach Buenos Aires reisen, um mit einem besonders schwierigen Sammler zu verhandeln. Er hatte eine Photokopie der Seiten bekommen, die Nudler der Sängerin gewidmet hatte. So erfuhr er, daß Raquel (»Rujl«) Spruk aus dem Viertel Villa Crespo von Buenos Aires, Kinderschauspielerin auf Spanisch und gelegentlich auf Jiddisch, was sie so schlecht sprach, daß ihre Sprechweise der größte Reiz an ihren Auftritten in den Sketchen im Teatro Soleil war, eine frühe Tangokarriere als

Rosita Montemar hatte, deren Höhepunkt der zweite Preis beim Festival der Zeitschrift *Caras y Caretas* 1931 im Teatro Colón war, bei dem, wie zu erwarten, Libertad Lamarque den ersten Preis holte. Rosita behauptete, ihre Stimme würde auf der Platte nicht gut klingen, und sehr bald ließ sie nicht nur die Aufnahmen, sondern ihre gesamte künstlerische Karriere sausen, als sie Ende der dreißiger Jahre einen Industriellen heiratete, der aus einer italienischen Familie stammte und Mitglied im Jockey Club war; so war sie gezwungen, nicht nur ihre künstlerische Vergangenheit, sondern ihre ganze familiäre Herkunft zu vergessen.

Maxi empfand eine Art solidarischen Respekt für diese Frau, deren Photo er nicht gesehen, deren Stimme er nie gehört hatte und die in der Lage gewesen war, das Ruder herumzureißen. Er streckte die Beine aus, atmete erleichtert auf, geschützt von der Sintflut um ihn herum, und verschob einen weiteren Versuch, sich mit dem Pannendienst in Verbindung zu setzen; er ging davon aus, daß er scheitern würde. Er ließ sich von seiner Phantasie treiben und begann, im Geiste eine von Nudler wiedergegebene Anekdote zu inszenieren. Er sah ein Auto mit einem Chauffeur in Uniform am Lenkrad, das am Ende des Nachmittags wenige Meter, an der Ecke Pasteur und Corrientes, entfernt parkte. Er sah, wie eine Dame mit hochgeschlagenem Pelzkragen aus diesem Auto stieg, einen Hutschleier über den Augen. Sie geht in das Geschäft an der Ecke: Sägespäne auf dem Boden, offene Fässer mit gepökelten Heringen. Dort wird sie sich einem atavistischen Appetit hingeben, den der Chefkellner in dem kleinen Hotel in Palermo Chico nicht zu stillen vermag. Vor der Theke verschlingt sie *patrami* und *gefilte fisch*, wenn nicht gar eine Portion Gänsehals mit *kasha*. Schließlich kehrt sie satt und voller Schuldgefühle zum Auto zurück, und der Chauffeur, zuvorkommend, willfährig, öffnet ihr die Tür, um sie in das neue Leben zurückzubringen, für dessen Regeln sie sich entschieden hat ...

Nein, wenn Maxi soviel Angst vor dieser Reise hatte, von der das Schicksal ihn zu erlösen schien, dann nicht wegen der Verhandlungen mit dem Sammler, die er sich zwar hart vorstellte, aber denen er sich strategisch gewachsen fühlte. Die Angst, Buenos Aires nach siebenundzwanzig Jahren Abwesenheit wiederzusehen, machte ihn so dankbar für den Unfall, der ihn auf einer Autobahn festhielt und ihm erlaubte, die unausweichliche Entscheidung zu vertagen – möglicherweise bis zum Sanktnimmerleinstag –, die in der Stadt auf ihn wartete, in der er geboren wurde und in der er seine Jugend verbracht hatte: Sollte er Sami besuchen oder ihm seine Anwesenheit verschweigen und ein paar Tage lang zu einem der vielen Gespenster werden, die ihn heimsuchten? Oder sollte er sich dem unbekannten alten Mann stellen, der einmal sein unerträglicher Vater gewesen war und der ihm zweifellos die Identität wiedergeben würde, die er sich jahrelang auszulöschen bemüht hatte, indem er sie mit anderen austauschbaren bedeckte. Er fand keine Lösung, und wenn er die Augen schloß, tauchten hinter dem trügerischen Schutz der Lider animierte Schatten eines privaten Kinematographen auf, die so gefürchtete Konfrontation oder die unendlichen Echos der Schuld.

Minuten oder eine Stunde später (er hatte in der Dunkelheit jegliches Zeitgefühl verloren) sah er, ohne sich über die ungewöhnliche Erscheinung zu wundern, eine Frau, vielleicht jung, in einem Plastikmantel mit einem transparenten Schirm im Regen den Standstreifen entlanggehen. Die Frau sah ihn an und schien auf das Auto zuzukommen. Als sie so neben ihm stand und ihr Gesicht an die vom Regen zerfurchte Scheibe drückte, stellte er fest, daß sie tatsächlich jung war, sehr jung.

Fast reflexartig öffnete er die Tür. Sie stieg wortlos ein und zog die Stiefel aus, ihre Füße kamen ihm vor wie die eines Kindes. Er sah sie wieder an oder vielleicht sah er sie zum ersten Mal richtig an und bekam Angst. Wie alt mochte sie sein? Vierzehn, höchstens fünfzehn? Sie blickte ihm ins Gesicht, ohne zu lächeln, und legte eine Hand auf seinen Hosenschlitz. Er ließ zu, daß sie den Reißverschluß öffnete und den schlaffen Penis in ihre Hände nahm, der nicht steif wurde, aber doch Gefallen daran fand.

»Wieviel?«

Mit der Frage wollte er durchbrechen, was er für Routine hielt, er wollte sich im Hafen eines Geschäftes sicher fühlen. Sie murmelte etwas, das er mühsam als »dreißig Euro« deutete. Was war das für Akzent? War sie Rumänin? Albanerin? Die Neugier stachelte das Begehren weiter an, die Erektion ließ nicht länger auf sich warten, und während er über das gefärbte, unerwartet saubere Haar streichelte, das in regelmäßigem Rhythmus über seinem Hosenschlitz auf und ab wallte, fiel ihm ein, daß dieses Mädchen einen Zuhälter haben könnte, der vielleicht an irgendeinem *boulevard de ceinture* auf sie wartete, daß sie womöglich in einem Kühlwagen oder einem Container nach Frankreich gekommen war.

Diese Bilder von Elend und Sklaverei erregten ihn. Fast ohne es zu merken, ohne Vorsicht oder Furcht, ejakulierte er zum ersten Mal seit langer Zeit in einen Mund, in den Mund des Mädchens. Das Geräusch der Autotür, als sie nach draußen spuckte, holte ihn in die Wirklichkeit zurück, die er nicht fassen konnte.

»Wie alt bist du?«

Sie tat so, als ob sie ihn nicht verstünde, dann lachte sie und zählte an den Fingern die Zahl dreizehn ab.

»Das glaube ich dir nicht.«

Sie lachte wieder, während sie die Stiefel anzog und die

fünfzig Euro darin deponierte, die er ihr, einem unwiderstehlichen Impuls folgend, in die Hand gesteckt hatte. Da hörte er sie in gebrochenem Deutsch mit starkem, aber ihre Herkunft nicht verratenden Akzent sagen:

»Jeden Tag zwischen fünf und acht zwischen der A4 und der Péripherique.«

Plötzlich war sie nicht mehr da. Sie war gegangen, ohne daß er es bemerkt hatte, noch bevor diese Worte sich mit neuen Fragen in seinem Verstand festgesetzt hatten. Sprach sie Deutsch wie so viele Leute aus dem Osten, der erste Schritt zur Eroberung der anderen Hälfte Euopas, der blühenden? Wie alt mochte sie sein? Auf jeden Fall nicht älter als sechzehn...

In diesem Moment, allein mit dem Mobiltelefon in der Hand, dachte er daran, daß seine Tochter Cécile in diesem Alter war. Cécile färbte ihr Haar nicht, aber die Feriensonne, in einem Jahr in der Sahara, in einem anderen im Jemen, hatten den ursprünglichen Braunton ausbleichen lassen. Außerdem, auch wenn er es nicht wahrhaben wollte, er konnte sich gegen den Gedanken nicht wehren, schlief seine Tochter während dieser Exkursionen in die freie Wildbahn mit den Gefährten der Expedition. Sie pflegte sich liebevoll über ihn lustig zu machen, wie es die jungen Leute einem Erwachsenen gegenüber tun, den sie gern haben. *Tu es l'homme de ma vie, le seul*, wiederholte sie lachend, dann küßte sie ihn und ließ ihre jugendlichen Lippen ein Weilchen auf der allmählich faltigwerdenden Haut ruhen, und sie umarmte ihn, bis er unter dem feinen Sommerstoff die zunehmende Festigkeit ihrer Brüste spürte. Dann glaubte er auch in diesem so nahen Körper einen fernen, dunklen Geruch zu entdecken, und er bekam Angst, denn er wußte, was dieser Geruch, selbst heute noch, in ihm hervorrief.

Automatisch, nicht mehr vom Willen kontrolliert, wählte er die Notrufnummer. Man versicherte ihm, sie würden in spätestens einer halben Stunde da sein. Er begriff, er hatte die Kette winziger Gesten und Handlungen in Bewegung gesetzt, aus denen sein tägliches Leben bestand, die ihn zu ihm zurückbringen, ihn vor jeglicher Gefahr erretten würden.

Der nicht enden wollende Regen prasselte immer noch auf das Dach und streichelte schwerfällig und langsam die Scheiben, die von der Außenwelt nur die schnellen Spuren der bunten Lichter hereinließen, das stetige Trommeln überdeckte das flüchtige Geräusch der vorbeifahrenden Wagen. Er hätte dort bleiben können, mitten in der Pampa, geschützt durch die Metallkarosserie und die Heizung bis zum frühen Morgen. Wie lange schon hatte er sich keine Pause auf dem Weg gestattet, auf all diesen vielen unbedeutenden Wegen, die seinen Tag ausmachten? Es war keine Eile geboten, in die Wohnung zurückzukehren, in der niemand auf ihn wartete: Seine Frau war in Biarritz bei ihren Eltern; seine Tochter wer weiß, wo. Das Leben des Junggesellen, das er sich so zurückgewünscht hatte, erschien ihm nun unerheblich angesichts dieser Aufhebung der Zeit, des Ortes, seiner mühsam geschaffenen Identität: eine Zwischenzeit, von der er, Wasser an den Händen, einen unwiederbringlichen Schimmer erhaschte.

In dem Moment konnte er nicht ahnen, daß er später versuchen würde, diesen Augenblick zurückzuholen, indem er immer beharrlicher, aber erfolglos die A4 und die Péripherique zu der von dem Mädchen genannten Zeit befuhr. Monate später glaubte er sie vom Auto aus in einem *tabac* an der Porte de Bagnolet zu sehen.

Er machte kehrt, fuhr nochmals an den erleuchteten Scheiben vorbei und suchte einen Parkplatz. Bevor er hineinging, versuchte er von der Straße aus das Gesicht des Mädchens zu erkennen: Sie stand an der Theke und starrte versunken in eine Kaffeetasse.

Ich bin sicher, daß ihn, als er eintrat, noch bevor er auf sie zuging, zum ersten Mal seit vielen Jahren, eine kaum hörbare Musik überraschte. Inmitten des Lärms der Registrierkasse und den lauten Stimmen der Lastwagenfahrer kamen aus einem Radio die klagenden Kadenzen eines Bandoneons und eine alte, alkoholisierte Stimme. Mühsam sang sie Worte, die Maxi hörte, ohne zu begreifen, daß es sich um einen Fingerzeig handelte: Sie kündigten die radikale Veränderung in seinem Leben an. Er konnte es nicht begreifen, denn diese diskreten Zeichen des Schicksals kann man erst lesen, wenn die verstreichende Zeit sie erhellt und es zu spät ist, die Warnung zu hören.

»Genug der Nächte und des Vergessens,
genug des Alkohols ohne Hoffnung,
laß alles, was du gewesen bist,
in diesem Gestern ohne Glauben ausbluten ...«

# DRITTER TEIL

# 1

4. November 1949

*Wenige Schritte von der Ecke Corrientes und Pueyrredón entfernt lag
das Café León um elf Uhr vormittags im Halbdunkel: Das Licht der
Straße wurde von den abgenutzten Spiegeln nur wenig reflektiert. Je
weiter ich mich vom Eingang, dem ohrenbetäubenden Verkehrslärm
und den vorbeihastenden Passanten entfernte, desto mehr schienen
sich auch die Gäste des Cafés zu verändern: In der Nähe der Fenster
saßen die, die sich für die Betriebsamkeit draußen interessierten und
ihre Blicke über die Straße schweifen ließen; aus ihren Gesprächen
hörte ich all die bescheidenen Geschäfte und täglichen Machenschaften
heraus, die es ihnen erlaubten zu überleben, vielleicht sogar Erfolg zu
haben, wie es bei allen aus dem Viertel war. Weiter drinnen, in der
stillen Tiefe des Salons hingegen, erkannte ich Gestalten, die Teil des
Dekors schienen und nicht an diesem Morgen gekommen sein konnten,
sondern die schon wer weiß wie lange an ihren Tischen, vor ihrem Kaf-
fee oder ihren winzigen Sliwowitzgläsern saßen; schweigend hatten
einige eine Ausgabe von* Di Presse *vor sich ausgebreitet, mit welchem
Datum? Sie wußten selbst nicht genau, ob sie lasen.*

*Theo Auer erkannte ich schnell. Der für die Jahreszeit viel zu
schwere schwarze Anzug, für diese Uhrzeit viel zu förmlich, das weiße
Hemd, dessen Manschetten und dessen Kragen von Jahren regelmäßigen Waschens und Bügelns kündeten, die durch eine Nadel mit einer
inzwischen glanzlosen Perle festgesteckte Krawatte aus steifer Seide:
Das Streben nach Anstand, das stumme Bemühen, vertrauenserwek-
kend zu erscheinen, all das verriet den professionellen Heiratsvermitt-*

*ler. Als ich in seine Nähe kam, bestätigten Duftwolken von Eau de Cologne York meine Vermutung.*

*»Ich sehe einen Ehering an Ihrem Finger. Wenn Sie verheiratet sind, weiß ich nicht, warum Sie mich aufsuchen.«*

*Auer hatte auf jedwedes Vorgeplänkel verzichtet: Mit diesen Worten, die weniger von Aggression als von Mißtrauen geprägt waren, zwang er den Unbekannten, der ich war, zu reagieren. Unfehlbarer theatralischer Instinkt, dachte ich, bevor ich antwortete.*

*»Ich bin nicht gekommen, um den* shatkhes *aufzusuchen«, erwiderte ich im selben Ton. »Ich möchte den Dramaturgen kennenlernen.* Theo Auer, den Autor von Der moldawische Zuhälter.

*Die Gleichgültigkeit, mit der der Alte meine Antwort aufnahm, erschien mir zu perfekt. Sehr bald hatte ich mir klargemacht, daß ich einen ausgebufften Theatermann vor mir hatte; ich war bereit, mich für seine Ausflüchte und Lügen ebenso zu interessieren wie für jede eventuelle Enthüllung, auch wenn ich eine solche schon fast für unwahrscheinlich hielt.*

*»Sie waren noch ein Kind, als dieses Stück aufgeführt wurde. Ich bezweifle, daß Ihre Eltern Sie zu einem so wenig erbaulichen Stück mitgenommen haben.«*

*»Es war ein großer Erfolg. Meine Eltern haben zu Hause wochenlang darüber gesprochen. Ich bettelte, sie sollten mich mit ins Excelsior nehmen, aber sie sagten in der Tat, das sei nichts für mich.«*

*»Es wurde nicht im Excelsior gespielt. Die Premiere fand im Ombú in der Calle Pasteur statt, damals hieß sie noch Ombú. Dann kam es auf andere Bühnen. Zweihundert Vorstellungen …«* Er schloß die Augen, bevor er fortfuhr: *»Ein nie dagewesener Erfolg für das jiddische Theater.«*

*Ich nahm allen Mut zusammen und stellte die Frage, von der ich geglaubt hatte, sie erst später stellen zu können.*

*»Und Ihre anderen Werke? Verzeihen Sie meine Unwissenheit, ich kenne sie nicht. Ich würde sie gerne lesen. Ich habe mit meiner Frau*

und ein paar Freunden ein Ensemble gegründet. Ich bin dabei, ein Repertoire zusammenzustellen, und da dachte ich…«

»Sie sind nicht im Bilde, junger Mann« – der Alte unterbrach mich unerwartet bestimmt. »Erstens habe ich keine anderen Geschichten. Ich bin jemand mit einer einzigen Geschichte, die habe ich erzählt, und das ist alles. Zweitens ist das jiddische Theater auf dem absteigenden Ast. Wie die Sprache. Wie kommen Sie darauf, daß etwas, das ein alter Mann wie ich geschrieben hat, das Publikum von heute interessieren könnte? Das interessiert höchstens so alte Leute wie mich, und die gehen kaum noch aus dem Haus, und selbst wenn sie ins Theater gingen, würde es für nicht mehr als zwei oder drei Vorstellungen reichen.«

»Sie sind zu bescheiden oder zu pessimistisch. Gerade hat das Ensemble Joseph Buloff mit einem neuen Stück Tod eines Handlungsreisenden jeden Abend volles Haus.«

Der Alte stieß einen Laut aus, ein Gackern, ein Räuspern, vielleicht auch ein Lachen.

»Ein Ensemble aus New York ist immer eine Sensation. Und bei Buloff und der Kadison sprühen die Funken, wenn sie die Bühne betreten. Ich habe sie 1932 gesehen, als sie Kibbitzer gaben, nicht im Soleil, sondern im Teatro Nuevo in der Calle Corrientes 1500. Auf der anderen, weniger populären Seite der Callao!«

Er machte eine Pause, damit die Information sein Gegenüber auch entsprechend beeindruckte.

»Außerdem, dieses Werk, das Sie da erwähnt haben… Ich will ja nichts sagen, aber wissen Sie, worum es darin geht? Um einen Handlungsreisenden, der seine Arbeit genau in dem Moment verliert, in dem er die letzte Rate für sein Auto bezahlt hat. Ich weiß nicht, ob Sie das goldene Zeitalter des jiddischen Theaters kennen. Ich kann Ihnen versichern, da gab es Romantik, Musik, Gefühl, Intrige… Es waren andere Zeiten.«

»Ich verstehe Ihren Standpunkt, aber ich bin nicht sicher, ob ich ihn teile. Warum gestatten Sie mir nicht, mir selbst eine Meinung zu bilden? *Lassen Sie mich* Der moldawische Zuhälter *lesen und selbst entscheiden, ob mich das Stück für das Ensemble reizt oder nicht.*«

*Auer schwieg länger, als ich es für einen kalkulierten dramatischen Effekt erwartet hätte. Als er weitersprach, hatte sich sein Ton verändert; weniger argwöhnisch, eher neugierig kam er auf ein anderes Thema.*

»*Wie haben Sie mich gefunden?*«

»*Sie sind nicht gerade ein Unbekannter. Auch wenn sich nicht viele an den Erfolg Ihres Werks erinnern, sind Sie doch eine Persönlichkeit im Viertel. Das ist Ihr Tisch im Café León, und niemand würde sich dorthin setzen, falls Sie zufällig einmal nicht da wären ... Obwohl man auch weiß, daß Sie jeden Tag ab zehn Uhr morgens dort sitzen. Das ist das Büro von Theo Auer, alle wissen das.*«

*Der Alte schien von seiner Berühmtheit völlig unbeeindruckt.*

»*Sie suchen Theo Auer. Diesen Namen habe ich unter mein einziges Theaterstück gesetzt. Hat irgend jemand Ihnen gesagt, daß Teófilo Auerbach, der am meisten respektierte* shatkhes *der Gemeinschaft, als Theo Auer am Theater wirkte? Oder sind Sie mit der unfehlbaren Intuition der Jugend von selbst darauf gekommen?*«

*Ich unterdrückte die Wut, die der spöttische Ton des Alten in mir weckte. Das war vielleicht die einzige Frage, auf die ich keine Antwort hatte. Ein wenig verloren ließ ich mich von der Palette an Gelbtönen in den ungepflegten Strähnen des Heiratsvermittlers, seiner elfenbeinfarbenen Haut und den nikotingelben Fingern ablenken. Als ich weiterredete, glaubte ich, meine Stimme hätte viel an Enthusiasmus eingebüßt und klänge jetzt eher vertraulich.*

»*Ich erinnere mich, daß meine Eltern, als ich von diesem Werk sprach, das für mich tabu war, sagten, der Autor sei ein gewisser Teófilo Auerbach.*«

*Auer schaute weiter unverändert gleichgültig.*

»*Ich denke, Sie haben diesen Namen voller Verachtung ausgesprochen...*«

»*Ich weiß nur noch, daß sie leise sprachen, damit ich sie nicht hörte.*«

»*Vielleicht gehörten Ihre Eltern zu diesem Kern an aufrechten, was sage ich, untadeligen Mitgliedern der Gemeinde, die Druck ausübten, damit das Stück aus dem Programm genommen wurde*« – *auch der Ton des Alten hatte sich fast unmerklich verändert.* »*Warschauer, sagten Sie, ist Ihr Name... Das sagt mir nichts. In meinem Alter fange ich an Namen zu verwechseln oder sie zu vergessen*« – *er räusperte sich wieder.* »*Jetzt machen Sie nicht so ein mitleidiges Gesicht, Sie glauben gar nicht, was das für eine Erleichterung ist. Und jetzt muß ich mich entschuldigen, es ist fast zwölf, und gleich kommt ein Familienvater, der mich aus beruflichen Gründen aufsucht.*«

»*Eine letzte Sache noch, bevor ich Sie in Ruhe lasse. Ein Autor ist gewöhnlich nicht der beste Richter seines Werks. Lassen Sie mich* Der moldawische Zuhälter *lesen. Ich kann sehr penetrant sein.*«

»*Und ich taub. Einen schönen Tag.*«

Gleich am ersten Tag waren mir diese mit Tinte geschriebenen Seiten unten in dem Schuhkarton aufgefallen, in dem Sami Warschauer seine Vergangenheit in Form von ein paar Theaterprogrammen aufbewahrte. Ich hatte mir die Seiten erst nicht näher angesehen, die Schrift war nicht gleich zu entziffern, und außerdem war ich brennend neugierig auf die Programme, und so hatte ich sie dahin zurückgelegt, wo sie zweifellos seit Jahrzehnten ruhten.

Die Wochen vergingen, und bei einer x-ten Beschäftigung mit dem Inhalt des Kartons nahm ich mich ihrer an. Da stellte ich nicht ohne Überraschung fest, daß sie über etwas berichteten, das für mich von Wichtigkeit war: von dem Treffen zwischen Sami und dem Autor von *Der moldawische Zuhälter*.

Was enthüllten sie mir? Daß Sami Ende der vierziger Jahre ein eigenes Ensemble gründen wollte und ein Zugpferd brauchte; daß, wie Natalia Auerbach mir bereits gesagt hatte, der alte Teófilo keine Lust hatte, daß *Der moldawische Zuhälter* wieder aufgeführt wurde und daß es ihm mißfiel, mit diesem Werk in Verbindung gebracht zu werden; daß Sami nicht nur ein begabter Beobachter war, sondern daß er seine Beobachtungen auch niederschreiben konnte. Der Fund war ein Grund, Teófilos Tochter noch einmal anzurufen und ihr eine Photokopie der Seiten zu bringen, aus der ich vorher eine wenig schmeichelhafte Bemerkung über das Erscheinungsbild des Vaters herausschneiden würde.

Ich hatte sie noch nicht angerufen, als ich einen kleinen, dicken Umschlag per Post erhielt. Er enthielt eine Karte und eine Audiokassette. Die wenigen Zeilen auf der Karte zeugten von einer zittrigen Hand; am Ende der unregelmäßigen Schriftzüge konnte ich den Namen Natalia Auerbach entziffern. Die Arthrose, erklärte sie, mache es ihr schwer zu schreiben, und sie hätte es vorgezogen aufzunehmen, was sie mir mitteilen wollte, bevor sie die, wie sie glaubte, endgültige Reise nach Israel antreten würde. Mit einer gewissen Furcht vor dem, was ich als wichtig erahnte, wartete ich auf einen ruhigen Moment, um die Kassette anzuhören. Als ich es tat, war ich überrascht von der kraftvollen Stimme, so ganz anders als die unsichere Schrift.

# 2

»Mein Junge, ich hege große Sympathie für Sie, und deshalb
wage ich es, Ihnen zu sagen, Sie haben sich in die Nesseln
gesetzt oder sich in die Bredouille gebracht, suchen Sie sich
den Ausdruck aus, der Ihnen passend erscheint oder den die
jungen Leute heutzutage benutzen. Ich will Ihnen sagen, das
jiddische Theater war die eine Sache, es hat mich zwar nie interessiert, aber selbstverständlich eine Rolle im Leben der Gemeinschaft gespielt, und eine andere Sache war die unheim-
liche Zuhälterorganisation, von der Sie gehört haben, die Sie
aber, wie mir scheinen will, nicht im Kontext der Zeit sehen.
Auch wenn das Werk meines Vaters, der sein Leben lang bereute, es geschrieben zu haben, ein Bindeglied zwischen beiden Themen sein kann, ist diese Beziehung rein zufällig und
ohne jede Bedeutung.«

Der fast drohende Ton, mit dem Natalia Auerbachs Stimme
einsetzte, ermutigte mich nicht gerade, weiter zuzuhören. Und
doch, ob aus Trägheit oder aus einem gewissen Respekt gegenüber ihrem Entschluß, diese Nachricht für mich aufzu-
zeichnen, traute ich mich nicht, sie zu unterbrechen.

»Ich habe bemerkt, Sie haben noch nie vom *Ansiedlungsrayon*, dem *pale of settlement*, diesem Landstreifen zwischen Osteuropa und Rußland gehört, wo die Zaren den Juden erlaubten,
sich niederzulassen. Von dort kam der größte Teil der Emigranten nach Amerika, ob Süd oder Nord. Den Juden war es
erlaubt, sich in ihrem Dorf, dem *schtetl*, aufzuhalten; oder auch

in bestimmten Vierteln kleinerer Städte, aber keinesfalls in Moskau oder Sankt Petersburg. Unter ihnen gab es kluge Kinder, die studieren konnten, aber sie interessierten sich nicht für die heiligen Schriften, was sollte man mit ihnen machen? Die russischen Universitäten waren ihnen versperrt; wenn die Familie Geld hatte, konnte sie die Sprößlinge nach Deutschland schicken, wo es zur Kaiserzeit keine Probleme gab, oder nach Paris. Für die Frauen war es nicht so leicht. Ein paar wenige, die kühn genug waren oder keiner traditionellen Familie Rechenschaft schuldig waren, kamen auf eine List: den gelben Paß. In der damaligen Zeit, die sich nicht sehr von der Ära der Sowjetunion unterschied, brauchte man einen Paß, um innerhalb Rußlands von einer Stadt in die andere reisen zu können. Die Prostituierten, ob Jüdinnen oder nicht, konnten mit einem gelben, von der Polizei ausgestellten Paß frei reisen, sie waren lediglich verpflichtet, alle zwei Wochen bei der Polizei vorstellig zu werden. So kam es, daß mehr als eine ehrgeizige Jüdin es wagte, ihr Glück in der großen Stadt zu probieren, indem sie sich bei der Polizei zur Prostituierten erklärte. Wie ich es Ihnen sage.«

Als hätte sie meine Verblüffung, meine Verwirrung, erahnt, machte Natalia Auerbach eine Pause. Ich hörte, wie sie ein Glas Wasser trank, bevor sie ihre Ausführungen wieder aufnahm.

»Versuchen Sie sich einen besonderen Fall vorzustellen. Ein Mädchen, das in einem *schtetl* lebt. Sie singt gern während der Hausarbeit, und auf Festen fordert man sie immer auf zu singen. Jemand sagt ihr, sie habe eine gute Stimme, sie solle Musik studieren, und die Eltern sind entsetzt, daß sie eine Künstlertochter bekommen haben; aber das Lob hat sich bereits im Kopf des Mädchens festgesetzt und blüht weiter. Unter dem Vorwand, sie fahre zum Geburtstag einer Tante nach

90

Lodz, richtet sie es ein, daß sie dem Konservatorium einen Besuch abstatten kann. Ein Professor hört sie und verspricht ihr ein Stipendium. Die Eltern geben nach: Sie soll bei ihrer Tante leben, die kann sich um sie kümmern, sie zumindest überwachen. In Lodz widmet das Mädchen sich begeistert der Musik, die ihr grenzenlose Perspektiven eröffnet. Eines Abends besucht sie das Gastspiel eines russischen Opernensembles; sagen wir, sie spielen *Ein Leben für den Zar*. Der Baß, der die Rolle des Iwan Susanin singt, beeindruckt sie so, daß sie ihn am Ende der Vorstellung aufsucht und ihm sagt, sie studiere Gesang. Er kann einem so jungen, vielleicht hübschen Mädchen gegenüber nicht gleichgültig bleiben und lädt sie zum Essen in das Hotel ein, in dem er logiert. Er sagt, Lodz sei zu klein für sie, sie solle ihr Studium in einer großen Stadt fortsetzen. ›Warschau?‹ fragt sie naiv; er lacht; ›Ich bitte dich... Sankt Petersburg!‹ Ich weiß nicht, ob in dieser Nacht etwas zwischen den beiden passiert, aber was ich sicher weiß, ist, daß sie mit einem Empfehlungsschreiben des berühmten Bassisten für den Direktor des Konservatoriums zu ihrer Tante nach Hause kommt. Von diesem Moment an wird ihr Leben von einem einzigen Gedanken beherrscht: in die Zarenstadt umzuziehen.«

Ein Klick signalisiert mir, Natalia Auerbach hat eine Pause bei der Aufnahme gemacht. Wenige Minuten oder einen Tag? Das werde ich nie erfahren, und das ist auch nicht wichtig; als ihre Stimme wiederkehrt, ist der Abstand zum Mikrophon eindeutig ein anderer, wahrscheinlich befindet sie sich in einem anderen Teil der Wohnung; der Bericht setzt da wieder ein, wo er aufgehört hat, als hätte sie sich, bevor sie weitersprach, die letzten aufgenommenen Sätze noch einmal angehört.

»Wie sie von dem gelben Paß Kenntnis erhält, werden wir nie erfahren. Und auch nicht, wie sie die Bordellinhaberin findet, die ihr die entsprechende Bescheinigung gibt, damit die Polizei ihr den Paß ausstellt. Ich weiß nur, sie muß der Bordellinhaberin den Gefallen mit ihren bescheidenen Ersparnissen bezahlen; der Tante hinterläßt sie zwei Briefe, einen für sie und einen für die Eltern; sie verspürt vielleicht Angst und ein berauschendes Gefühl von Freiheit in der unendlichen Nacht in dem Dritte-Klasse-Abteil des Zuges, der sie in die Hauptstadt bringt. Dort fragt der Direktor des Konservatoriums nicht lange nach ihrer Herkunft, er gibt ihr Arbeit als Partiturkopistin, empfiehlt sie einer Pension im letzten Stockwerk eines neu erbauten Wohnhauses im Osten der Stadt in der Nähe einer Stearin- und Seifenfabrik. Das Mädchen ist arm, schläft wenige Stunden am Tag, ist glücklich. Der vierzehntägige Besuch bei der Polizei dauert nicht lange: nur ein Moment der Demütigung, ein paar zotige Witze und der ein oder andere Klaps. Wenn sie hinauskommt, geht sie am Nevsky Prospekt spazieren und sieht Spuren eines Lebens, das nicht das ihre ist, aber das ruft weder Neid noch Groll in ihr hervor; sie braucht nur das schnell dahinfließende Wasser des Molkakanals zur Zeit der Schneeschmelze zu betrachten, und sie hat das Gefühl, mit ihren zwanzig Jahren schon mehr erlebt zu haben, als sie noch vor zwei Jahren im *schtetl* für möglich gehalten hatte. Sie ahnt nicht, daß ihr Leben bald eine unerwartete Wendung nehmen wird. Sie lernt einen jungen Mann kennen, kaum älter als sie. Er erzählt ihr von Dingen, von denen sie noch nie gehört hat: von Bakunin, Kropotkin, von Zionismus und Sozialismus, von deren vielleicht nicht unvereinbaren Utopien. Die Liebe erscheint, wie immer, als Fenster in eine unbekannte Welt, das uns jemand öffnet. Das Mädchen vernachlässigt den Unterricht, die Partituren; abends arbeitet sie bis spät in die Nacht als Freiwillige in einer geheimen Druckerei. Eines Tages wird sie mit anderen Anarchisten verhaftet, aber als der Polizist den gelben Paß sieht, lacht er: »Keine Hure kann die Revolution wollen!« Diesmal darf sie nicht sofort gehen, der Polizeichef nimmt sich das Vorrecht und reicht sie dann an seine beiden Assistenten weiter. Von dem Moment an ist für sie jedwede Vorstellung von Sicherheit dahin. Sie sucht ihren Freund und erzählt ihm, was vorgefallen ist; er umarmt sie, küßt sie, erzählt ihr von Argentinien, wohin sie mit gefälschten Dokumenten auswandern könnten, er könnte sie über einen Setzer der Druckerei bekommen.«

Eine weitere Pause, diesmal ohne Klick. Sekunden später fügt Natalia Auerbach, leise, fast schüchtern hinzu: »Dieses Mädchen war meine Mutter; der Mann, mein Vater.« Erst dann höre ich das Klicken.

»Trotz ihrer anarchistischen Überzeugungen heirateten meine Eltern in Buenos Aires in der Synagoge. Da geschah etwas Seltsames. Er, der meine Mutter mit dem sozialen und politischen Denken vertraut gemacht hatte, interessierte sich immer weniger für jede Form von Aktivismus. Sie, vielleicht weil sie am eigenen Leib die Demütigung des gelben Passes erfahren hatte, fing an, sich für die Lage der Prostituierten zu interessieren. Sie hatte gehört, daß zu dieser Zeit zwei große Netze den lokalen Markt unter sich aufteilten: die Marseiller Zuhälter, die französische Mädchen einschleusten oder welche, die sich als solche ausgaben, denn die *franchutas* waren die begehrtesten. Und die Juden, die sich in zwei Gesellschaften organisierten, die dann zu einer verschmolzen, der berühmten, infamen »Zwi Migdal«. Die Gemeinde stand mit ihr auf Kriegsfuß. Nach der Tragischen Woche 1919 war es unumgänglich geworden, den Ruf der Landsleute sauberzuhalten: keine Kommunisten, die die russische Revolution am Río de la Plata wiederholen wollen, und keine Zuhälter. Natürlich konnten letztere an die Würde der ersten nicht heranreichen: Für die guten Bürger der Gemeinde war es leichter, das Geschäft mit dem Sex zu verachten, als den Kampf für die Idee sozialer Gerechtigkeit abzulehnen, auch wenn sie diese Idee für einen Irrtum hielten, für die, nebenbei gesagt, viele ihrer Kinder wieder kämpften. Meine Mutter nahm sich den Skandal der wirkungslosen Anzeigen, den ganzen Kampf gegen die Zuhälter und ihre Komplizen in der guten Gesellschaft von Buenos Aires, der Justiz und der Polizei, sehr zu Herzen. Sie sah zu viele Prozesse im Sande verlaufen, Kongresse, die mit Erklärungen endeten, die von denen, die etwas hätten ändern können, in den Papierkorb geworfen wurden. Ich gebe Ihnen ein paar statistische Daten: 1929 hatte die »Zwi Migdal« laut Schätzung etwa fünfhundert Mitglieder, und sie kontrollierte zweitausend Bordelle und dreißigtausend Frauen. Im Hauptsitz der Organisation gab es eine Synagoge, in der eingeweihte Rabbiner, wer weiß ob es echte Rabbiner waren, Trauungen vollzogen, die vor dem argentinischen Gesetz nicht galten; es war eine Form, Prostituierte durch das religiöse Gesetz an den Zuhälter zu binden. Vielleicht hatte meine Mutter sich an das *Alphonsenprogrom* 1905 in Warschau erinnert, einen einzigartigen Fall: Hunderte jüdischer Arbeiter überfielen und zerstörten die Bordelle eines gewissen Alphons, den sie an einem Fleischerhaken aufhängten. Sie wollten die Ehre der Gemeinde wiederherstellen … Jedenfalls ging meine Mutter eines schönen Tages unter dem Vorwand, die Ehe annullieren lassen zu wollen, zu dem Rabbiner, der sie getraut hatte … Dieser erklärte ihr, das jüdische Gesetz sähe keine Initiative für die Frau vor, die Formalitäten für den *get*, die Scheidung, könnten nur vom Mann in die Wege geleitet werden, und wenn dieser seine Frau verließe oder stürbe, würde sie eine *agunah*, eine Verlassene, und könnte nie wieder heiraten. Meine Mutter hörte ihm eine Weile mit vorgetäuschter Resignation zu und dann, mitten in der Erklärung, tötete sie ihn.«

Dieses Mal stoppte ich das Band. Ich brauchte eine Atempause. Als ich Stunden später zu dem Rekorder zurückkehrte, war es, als hätte ich die dokumentarischen Quellen, den Polizeibericht einer Sache vor mir, die ich als fiktive Geschichte kennengelernt zu haben glaubte: Ich hörte, wie Teófilo Auerbach öffentlich die Schuld für das Verbrechen seiner Frau auf sich nahm, wie diese für wahnsinnig erklärt und in ein Dorf der Provinz Santa Fe verbannt wurde, wie sich das Netz an Komplizenschaften formierte, damit die Aktivitäten der »Synagoge der Zuhälter« nicht ans Licht kamen. Auerbach verbrachte nur zwei Jahre im Gefängnis, es waren die Mitglieder der »Zwi Migdal«, die als Lohn für sein Schweigen erreichten, daß er freikam. Offensichtlich müde, wurde Natalia Auerbachs Stimme flehend.

»Es ist so viel Zeit vergangen, daß es keine Bedeutung mehr hat. Aber ich weiß, es gibt Leute, die keine gute Erinnerung an meinen Vater haben. Ich will Ihnen die Wahrheit anvertrauen: Sie sollen wissen, daß es sich um ein Verbrechen aus Ehre handelt, damit sollten die unzähligen Opfer gerächt und symbolisch die liquidiert werden, die den Ruf einer Gemeinde beschmutzten, die es immer nötig hatte und immer nötig haben wird, daß ihre Kinder einen größeren Gerechtigkeitssinn haben als die anderen. In ein paar Tagen reise ich nach Israel. Ich will dort mein Leben als Freidenkerin, Nichtreligiöse, Sozialistin und Feministin beenden, indem ich gegen diese Scheißrassisten kämpfe, die derzeit die Macht mißbrauchen. Ich kann mir vorstellen, daß Sie jetzt lächeln. Keine Sorge: Ich mag alt und krank sein, aber ich bin noch nicht am Ende. Wenn Sie eines Tages in der Zeitung lesen, eine verrückte Alte habe auf den israelischen Ministerpräsidenten geschossen, denken Sie an mich.«

# 3

Natalia Auerbachs Bericht, der so bewegend war, während
ich ihn anhörte, hinterließ in mir einen seltsamen Nachge-
schmack, so als wäre es möglich, dem eigenen Empfinden zu
mißtrauen. Ich versuchte dieses Gefühl zu verstehen, ich hörte
mir diese in manchen Momenten erstickte, dann wieder durch
eine retrospektive, fast posthume Leidenschaft belebte Stimme noch einmal an und versuchte mich von der Wirkung zu lösen, die sie in mir hervorrief. Es erschien mir niederträchtig,
an ihrem Bericht zu zweifeln, und doch wurde ich das Gefühl
nicht los, einer Aufführung beizuwohnen, als hätte diese alte
Frau, die soviel Distanz zu dem einzigen Bühnenabenteuer ihres Vaters aufgebaut hatte, für sich einen eigenen Theaterauf-
tritt reserviert, der zugleich spätes Debüt und *farewell perfor-
mance* war ... Welche Rolle spielte sie? Was war die Handlung
des nicht als solches ausgewiesenen Stückes? Vor allem: Was
konnte sie von dieser Fiktion erwarten?

   Mit Bleistift und Papier bewaffnet, versuchte ich die Anekdote, Personen, Bemerkungen und Motive in ein anderes, mög-
liches, vielleicht sogar wahrscheinliches Schema zu bringen.
Eine alternative Handlung nahm Form an. Bald stellte ich fest,
daß diese Stimme, die so oft den Namen ihres Vaters wiederholte, nie den ihrer Mutter genannt hatte: »Diese Frau war
meine Mutter ...« und andere Sätze dieser Art spielten auf sie
an, ohne sie beim Namen zu nennen. Ich hatte auch den Eindruck, filmische Anklänge bei den Umständen der Begegnung
der Eltern erkennen zu können, die inmitten dieses schäbigen

Kontextes so romantisch wirkten. Vor allem war es mir weiterhin unerklärlich, daß *Der moldawische Zuhälter*, diese leichte, unverantwortliche musikalische Komödie von einer Frau mit so anspruchsvollen Überzeugungen als »Jugendsünde« abgetan werden konnte.

Hatte es einen Sinn zu lügen, wenn man kurz davor ist, das Leben zu verlassen, und einem nahezu Unbekannten ein Familiengeheimnis anvertrauen möchte? Während ich mir diese Frage stellte, drängte sich eine naheliegende Antwort auf: Es war der Moment, der letztmögliche und definitive, die Vergangenheit zu verändern, um den abwesenden Eltern, jenseits aller niederen dokumentarischen Wahrheit, ein Monument zu errichten. Das angekündigte Familiengeheimnis war gar keines, es war nur eine Legende, geschaffen, um zu überdauern, und sei es auch nur für die vergängliche Zeit meines Lebens, ein paar Jahre mehr, die sie dieser Legende geben konnte; vor allem mit der Autorität, die ein Überbringer ihr verlieh, der nicht durch Blutsbande mit der Gestalt verknüpft war, deren Vergangenheit man ehren oder einfach reinwaschen, von der man ein Wortmonument vererben wollte. Ja, bald waren all meine Zweifel zerstreut: Natalia Auerbachs Beichte in extremis war eine Fiktion, mit der das wahre Familiengeheimnis überdeckt werden sollte.

Was steckte hinter diesem spontanen Satz, der ihr bei meinem ersten Besuch entschlüpft war, als sie sagte, es wäre schön, wenn Bertha Pappenheim ihre Mutter gewesen wäre? Die echte Mutter, dieses Mädchen, dessen Name ich nicht kenne, dank der schändlichen Protektion durch den gelben Paß Studentin in Sankt Petersburg und regelmäßigen Kontrollen durch die Polizei unterworfen ... war es eine echte und keine vorgetäuschte Prostituierte gewesen? Und dieser großherzige, idealistische, poetische junge Mann, der vorschlug, nach Argentinien auszuwandern, war er in Wirklichkeit ein Zuhälter? Inwieweit hatte Natalias Vater unter dem durchsichtigen Pseudonym Theo Auer, sich selbst idealisiert, in diesem »moldawischen Zuhälter« porträtiert, der sich in seine Hure verliebt und sogar ihr Verbrechen auf sich nimmt und dessen Opfer vor dem Gefängnis Schlange stehen, um ihm ihre Treue zu zeigen?

Die Linien und Pfeile, die in meinem Heft Daten und Namen dieser Figuren und der Städte verbanden, zwischen denen sie sich bewegt hatten, legten mir alternative Handlungen nahe. Als er in seiner Musikkomödie die Aneignung eines nichtbegangenen Verbrechens schildert, liefert Theo Auer da nicht einen verborgenen Schlüssel seiner Wünsche? Ob seine Tochter Natalia den Auftrag hat, diese Illusion Wirklichkeit werden zu lassen? Waren die Motive des Verbrechens aus Ehre, mit dem Natalia dem Gedenken an ihre Eltern eine Hommage darbringen will, so nobel wie behauptet? Auch als ich mich nach möglichen Gründen für die Übernahme eines fremden Verbrechens fragte, kam die Antwort sofort: Eine Prostituierte als Opfer braucht keine kühne Tat, um Sympathien zu wekken; ein Zuhälter hingegen ist ein Henker, und eine solche Geste könnte ihn erlösen.

In der Bibliothek der Hebräischen Gemeinde, so erinnerte ich mich, hatte ich mit einem Leser gesprochen, der sich, was meine Forschung anging, sehr hilfsbereit gezeigt hatte. Ich fand seine Visitenkarte wieder: Dr. Salo Dreizik. Er hatte sich als Kenner wenig konsultierter Archive erwiesen; jedenfalls hatte es mich bei dieser Gelegenheit überrascht, daß er Genealogien von Immigranten in den Registern der Friedhofsverwaltung *Hevre Kedische* gesucht hatte. Ich wagte es, ihn anzurufen. Bei meiner Suche, erklärte ich ihm, hätte ich ein Theaterstück entdeckt, das beim Publikum ebenso unerhörten Erfolg hatte, wie es im Schoß der Gemeinde auf Ablehnung gestoßen war; ich wolle mich über seinen Autor informieren, einen gewissen Theo Auer, dessen Name nicht in den Registern des Autorenverbandes verzeichnet war. Meine Neugier war ihm alles andere als lästig, Dr. Dreizik schien glücklich zu sein, daß er die Gelegenheit hatte, seine umfangreichen Karteikästen und Mappen und seinen Zugang zu Quellen, die das gewöhnliche Publikum mit Sicherheit nicht kannte, zum Einsatz bringen zu können.

Eine Woche später rief er an, um mir alles zu bestätigen, was ich schon wußte, ihm aber nicht gesagt hatte: der echte Name, Teófilo Auerbach; die Tätigkeit als Heiratsvermittler am Ende seines Lebens; seine Abneigung gegen das Theater, in dem er nur einen Wurf gelandet hatte, genau den, den ich entdeckt hatte. Aber ich erfuhr auch etwas, das Natalia Auerbach bei ihrem vertraulichen Bericht ausgespart hatte: Auerbachs Frau war eine gewisse Rebeca Durán, Sephardin aus Konstantinopel; einige Immigranten erinnerten sich, sie in Warschau als Kabarettsängerin gesehen zu haben; in den Passagierlisten der Reedereien war sie als aus Danzig nach Buenos Aires kommend registriert, auf demselben Schiff wie Teófilo. Sie hatten in einer heute nicht mehr existierenden Synagoge, in der Calle Córdoba Nummer 3200, geheiratet...

Dieses letzte Detail ließ mich aufhorchen: es schien meine Ahnungen zu bestätigen und erlegte mir zugleich schamhafte Zurückhaltung auf. Eine letzte Information machte das Bild komplett: Irgendwann in den zwanziger Jahren, zweifellos vor der Premiere der von mir entdeckten Komödie, hatte Rebeca Durán de Auerbach, von unheilbaren Depressionen geplagt, ihren Mann und ihre Tochter verlassen und war in die Provinz Santa Fe gegangen. Ihr Grab befindet sich in dem Dorf Granadero Baigorria, einst Paganini.

# 4

Nicht nur Paganini hatte man einen militärischen Namen verpaßt. Weniger bescheiden war die Calle Pichincha in der Nähe des Bahnhofs von Sunchales, von dem mein Großvater aus Rosario in meiner Kindheit immer leise als dem Sündenpfuhl seiner Geburtsstadt sprach, in Teniente General Ricchieri umgetauft worden, und es herrscht Uneinigkeit, ob wegen eines Offiziers aus Rocas Heer, der am liebsten alle Indios liquidiert hätte, die in seine Reichweite kamen, oder wegen eines Polizisten, der sich 1930 bei der Verfolgung von Zuhältern verdient gemacht hatte. Wie dem auch sei, in der für mich legendären Calle Pichincha würde ich auf das Petit Trianon stoßen, jetzt Kunstgalerie und Kulturzentrum, und ich würde das Etablissement von Madame Sappho, zum »Übernachtungshotel« degradiert, vorfinden, das allen als das distinguierteste in Erinnerung geblieben war (»nur Französinnen und ihre Hündchen mit den flinken Zungen«) und von dem über Generationen, den Akzent der Besitzerin imitierend, der berühmte Satz wiederholt wurde, den die Freier hörten, wenn sie die Dienste einer Georgette oder Yvette erbaten: »Mit Ündchen oder ohne Ündchen?«

In die Gefilde schurkischer Nostalgie würde ich mich später begeben, nachdem ich Granadero Baigorria besucht hatte. Auf dem Weg sah ich Restaurants und Parks an den Ufern des Paraná in der Nähe der kürzlich eingeweihten Brücke nach Victoria in der Provinz Entre Ríos, an der jahrzehntelang ge plant und gebaut worden war. Die Sonne brannte herunter, und am Ufer ging eine leichte Brise. Ich gab der Versuchung nach, einen gegrillten *pacú* zu essen, einen Flußfisch, den man in Buenos Aires noch schwerer bekommt als den *surubí*. Es dürfte so gegen drei gewesen sein, als ich am Friedhof des Dorfes ankam, das für mich immer noch Paganini war, die letzte Bastion der Zuhälter und heimlichen Spielhöllen, die durch die Moralkampagnen 1930 aus Rosario vertrieben wurden. Ich sollte besser sagen zu den Friedhöfen: Sie schienen ein ganzes Viertel einzunehmen und nicht wenige Blumenhändler und Steinmetze zu beschäftigen.

Der sogenannte israelitische Friedhof lag hinter dem christlichen, mit dem er einmal durch ein heute verschlossenes Eisentörchen verbunden war. Sein fast unerreichbarer Haupteingang ging auf einen unasphaltierten Weg hinaus, direkt neben dem Eisenbahndamm der Strecke von Rosario nach Santa Fe: ein hohes, zweiflügeliges Metalltor mit einem sechsspitzigen Stern und einer Arabeske darüber. Ich kehrte auf die Hauptstraße zurück. Im Büro der Friedhofsverwaltung stieß meine Bitte, dieses scheinbar verlassene Terrain betreten zu dürfen, sogleich auf Mißtrauen; man brauchte zwei Erlaubnisscheine, einen der israelitischen Gemeinde und einen der Stadt. Als ich in einem naiven, mir überzeugend erscheinenden Ton anführte, mein Großvater sei dort begraben, antwortete man mir lächelnd: »Wenn dem so wäre, würden Sie ihn nicht suchen ...«
Es war offenkundig, daß meine Gesprächspartner wußten, was es mit diesem fast vergessenen Abschnitt des großen Friedhofs auf sich hatte, und erst als ich einen Zwanzigpesoschein auf den Schreibtisch legte (tut mir leid, Sie zu belästigen, aber sehen Sie, was Sie machen können, für mich ist es wichtig), entfernte sich ein Angestellter wortlos und kramte in einer Schublade mit Schlüsselbunden.

»Zehn Minuten, nicht länger«, ermahnte er mich, als er das Vorhängeschloß öffnete, »und keine Photos.« Er blieb an dem Eisentörchen stehen und verfolgte meine Schritte, während ich über zugewachsene Wege ging. Auf keinem der Steine fand ich ein Todesdatum nach 1950. Die eingelassenen Photographien waren alle durch ein Schneidwerkzeug entstellt oder einfach verbrannt worden, vielleicht mit einem Schweißbrenner. Zu meiner Überraschung verrieten die Inschriften in hebräischen und lateinischen Lettern die Herkunft der Verstorbenen: Ich hätte gedacht, angesichts des ausgeübten Berufes und der eher getarnten als diskreten, wenn nicht gar geheimgehaltenen Lage der geweihten Stätte hätte man es vorgezogen, sie unerwähnt zu lassen. Offenkundig war dem nicht so. Wer weiß, welch dunkle Wehmut nach den Kindertagen, den ersten Erinnerungsbildern, in den letzten Augenblicken des Lebens in den Sterbenden geweckt worden war oder besser in den Trauernden, die sich um das Begräbnis gekümmert hatten, daß sie sich gedrängt fühlten, in den Stein zu meißeln, daß Jana W. aus »Podolien« oder Mauricio J. aus »Bessarabien« kam.

Ich ging schnell die Namen und Inschriften durch. Ich war mir sicher, und ich sollte recht behalten, daß ich Rebeca Durán finden würde, einfach so, ohne das Auerbach. Ich fand sie, und wie zur Bestätigung von Dr. Dreiziks Bericht las ich neben ihrem Namen »aus Konstantinopel«. Das Gesicht war durch die vielen Schnitte, die die Glasur zerstört hatten, nicht mehr zu erkennen.

In diesem Moment kam mir eine Episode aus meiner Kindheit in Erinnerung, die ich vergessen zu haben glaubte. Ich war acht Jahre alt, als mein Großvater mütterlicherseits starb, das einzige schwache Band zur jüdischen Tradition in einer ansonsten völlig assimilierten Familie. Mein Vater, der Italiener und Katholik war, erhob keine Einwände, daß meine Mutter mich zur Beerdigung mit auf den Friedhof von Liniers nahm. Trauer und Tochterliebe konnten dem mütterlichen Sinn für das Praktische nichts anhaben: Da sie wußte, daß rituell ein Stück aus meiner Jacke geschnitten und in das offene Grab geworfen wurde, zog sie mir das älteste Kleidungsstück an, das mir schon seit Monaten zu klein war und von mir nicht mehr getragen wurde.

Während dieses Besuchs in Liniers nutzte ich das erzwungene Warten meiner Verwandten aus, die betend und betreten schweigend der rituellen Waschung des Leichnams beiwohnten. Ich löste mich von der Hand einer Tante, um herauszufinden, ob eine Reihe zur Wand hin stehender Steine, deren Inschriften man vom Weg aus nicht lesen konnte, Gräber anzeigten und ob sie wie die anderen Namen, Daten und Photographien hatten. Vorsichtig schlich ich über das regennasse Unkraut und hielt mich an den Steinen fest, die ich inspizieren wollte, reckte den Hals, schaute von der Seite und stellte fest, daß sich diese Gräber durch nichts von jenen unterschieden, die die Steinwege säumten und von jedem Besucher zu sehen waren: Gesichter von Männern und Frauen auf Photos, von denen ein Kind nicht wissen konnte, daß es sich um vergrößerte, manchmal von Hand künstlerisch retuschierte Abzüge handelt, auf denen man aber immer diese um Ernsthaftigkeit bemühten Mienen erkennen konnte, die die Verwandten als posthume Erinnerung für angemessen hielten.

»Du machst dir deine neuen Schuhe dreckig«, hörte ich, als man mich gewaltsam zu der Beerdigungszeremonie zurückzerrte. An diesem Tag konnte ich nicht fragen, wem diese Gräber gehörten, die mit dem Rücken zu uns standen; später versuchte ich es und bekam ein unwirsches »Leute, die es nicht wert sind, daß wir uns an sie erinnern« zur Antwort. Heute weiß ich, daß die Gemeinde, nachdem man früher die Un-

glücklichen bei den anderen beerdigt hatte, sich später endgültig von ihren Verdammten trennte.

# 5

Ich kenne keine Stadt, die in sich nicht mehrere widersprüchliche, unverbundene Städte vereint und in der man nur von einem Stadtviertel in ein anderes zu fahren braucht und schon in ein anderes Land kommt: Man sieht die vertrauten Gesichter nicht mehr und trifft Leute, die man vergessen glaubte und die vielleicht sogar schon tot sind.

In Buenos Aires, in der Avenida Rivadia Nummer 2300, entdeckte ich vor kurzem ein Schild an einer Filiale des Banco de Galicia; es sagte mir, an diesem Ort hatte das Teatro Marconi, vorher Doria, gestanden. Ich kannte seine legendäre Geschichte: Bis Mitte des vergangenen Jahrhunderts, als dort keine Opern mehr aufgeführt wurden, war es ein Zufluchtsort für alte müde Sänger, die sich aber noch nicht von der Bühne verabschieden wollten: Sie beendeten ihre Karriere, bereit, noch einmal – jedes Mal konnte das letzte Mal sein – *Il Pagliacci* oder *Cavalleria rusticana* für ein immer weniger werdendes Publikum von wehmütigen alten Leuten zu geben, die einst als Emigranten in das Land gekommen waren.

Fern vom Teatro Colón und seinem anspruchsvollen oder mondänen Publikum erwarteten die treuen Anhänger des Marconi die Arien, die sie auswendig kannten und die sie untermalt von der Erinnerung oder der Vorstellung besserer Interpretationen hörten. Aber lange vor diesem Niedergang hatte dort Pablo Podestá auf der Bühne gestanden, und auch Carlos di Sarli, der »Grandseigneur des Tango«, hatte dort debütiert, als er aus Bahía Blanca 1923 in die Hauptstadt kam; er begleitete am Klavier seinen Onkel, den Sänger Tito Russomano, und später hatte Juan de Dios Filiberto bei den Karnevalsbällen 1926 im Marconi zum ersten Mal seinen späteren Dauerbrenner *Caminito* gespielt.

(All das hat sich Jahrzehnte vor meiner Geburt zugetragen, es sind aus Texten entliehene Erinnerungen. Dieselbe nutzlose Neugier hatte mich auf die Fährte einer vergessenen musikalischen Komödie auf Jiddisch gesetzt und, ohne daß ich es angestrebt hätte, auf eine andere Geschichte, die der »Zwi Migdal« mit ihrer beschämenden, romanhaften Legende. Ich glaube, ich bin frei von jeder Nostalgie für das, was ich nicht selbst gesehen habe; ich will es nur mit den Scheinwerfern der Fiktion beleuchten. Aber ich folge doch einem Impuls, den ich nicht unbedingt als literarisch bezeichnen würde und den ich aus Schüchternheit oder Mißtrauen nie in schriftlichen Worten ausgedrückt habe und der in diesem Leben als Passant, aus dem kein Flaneur wird, verpufft. Meine Studien, muß ich gestehen, waren nur Vorwände, um alte Papiere und stumme Photographien zu befragen, Gesichter, die mich nicht sehen können, um auf sie das Leben zu projizieren, das nicht mehr ist, ein Leben, das mir weniger unbedeutend erschien als die erbärmliche Gegenwart. Ich habe kein Interesse, mich selbst zu erforschen, die Gründe dieser Wesensart zu verstehen, die ich zweifellos vor mir selbst verberge: Das überlasse ich mit Vergnügen all den vielen Landsleuten, die der Psychoanalyse huldigen.)

Aber kein Schild weist darauf hin, wo das Soleil oder das Excelsior waren. An der Stelle des Ombú wurde später das jüdische Gemeindezentrum AMIA gebaut, das 1995 durch ein obskures Komplott iranischer, syrischer und argentinischer Agenten in die Luft gesprengt wurde. Wie sollte man da erwarten, daß weitere Schilder an die Schande der »unmoralischen« Häuser erinnerten, die in den Polizeiarchiven und in den zugänglicheren Berichten von *Crítica* und *La Razón* festgehalten sind? Wenn ich nachts ziellos durch Balvanera und San Cristóbal spaziere, erahne ich ihre Schatten hinter oder unter den tristen Wohnhäusern. Vor kurzem habe ich Freunde in Junín und Lavalle in einem Haus eines berühmten Architekten der zwanziger Jahre des vergangenen Jahrhunderts besucht, und die ungewöhnliche Verteilung der Flure, die Verbindungstüren, vor allem aber die Größe der Bäder ließen mich eine heute vergessene Bestimmung vermuten.

An dem Tag, an dem ich den Friedhof von Granadero Baigorria besucht hatte, strich ich abends durch das alte Sunchales, weil ich keine Lust hatte, in mein Hotel im Zentrum von Rosario zurückzukehren. Ich trank einen Grappa im Wheelright an der Ecke Brown mit der Straße, die für mich immer noch Pichincha heißt, und ich glaubte im Petit Trianon Licht zu sehen. Vom Balkon aus sah ich eine Gruppe von Leuten, die einem Redner zuhörten; er hatte eine Videokassette in der Hand und stand neben einem Fernseher; ich erinnerte mich, daß dort jetzt ein Kulturzentrum und eine Galerie untergebracht waren, und ich entschied mich hinzugehen.

Ich bekam das Ende seiner Präsentation mit: Es ging um einen Film über alte französische Schauspieler, die während des Zweiten Weltkrieges und unmittelbar danach nach Argentinien ins Exil gegangen waren. Trotz der enthusiastischen Ankündigung des Films war ich mit meinen Gedanken woanders und fragte die Leiterin des Kulturzentrums, ob ich mir das Haus ansehen dürfe. Mit außerhalb von Buenos Aires häufig anzutreffender Freundlichkeit sagte sie spontan zu. Sie erklärte mir, die Galerie nähme die Räumlichkeiten »des Empfangsbereichs« ein, in dem die Männer über Politik sprachen,

Karten spielten und die Mädchen auswählten, mit denen sie dann aufs Zimmer gingen.

Diese Zimmer gibt es noch: Dort hat man eine Pension eingerichtet, in die man durch eine schmale Tür zur Straße gelangt, den früheren Dienstboteneingang. Viele Gäste, erklärte die Gastgeberin, seien »kürzlich Verarmte«, Bürger der Mittelklasse, die von den abenteuerlichen Manövern der Ökonomen ruiniert wurden. Von ihr geführt, ging ich durch einen dunklen Flur zu einem großen Patio, umgeben von Zimmern, die keine Türen, nur Vorhänge hatten. Die warme, sternenklare Nacht begünstigte das gesellige Beisammensein der Mieter: Viele hatten sich nach draußen gesetzt, einige tranken Mate und unterhielten sich, andere hörten Radio über Kopfhörer, die Kinder liefen unermüdlich herum und lachten, ohne von den Erwachsenen ermahnt zu werden; in einer Ecke zog der Fernseher ein Grüppchen von Frauen mit der neuen Episode einer Serie über Models und Drogenhändler an. Niemand schien sich von meinem Eindringen gestört zu fühlen.

Ich hielt mich nicht lange in dieser fremden Zuflucht auf. Um die Zuschauer nicht bei dem Film zu stören, verabschiedete ich mich auf der Straße. Die Hausherrin gab mir zur Erinnerung eine *lata*, die schmale, schäbige Münze, die der Freier erwarb, um die Dienstleistungen eines Mädchens in Anspruch nehmen zu können; am Ende der Schicht gaben die Mädchen der Madame diese Münzen zurück, und so konnte ihr Verdienst berechnet werden.

»Als ich mit den Umbauarbeiten für die Galerie anfing, da war, wie Sie sich vorstellen können, von dem früheren, mehr als einem halben Jahrhundert zuvor geschlossenen Etablissement nichts mehr übrig; aber in der Küche, in einer Keksdose, fand ich Hunderte von diesen *latas*, sie waren in gutem Zustand, ohne Rost. Dann hörte ich, daß es einen sehr alten Tango gab, ich glaube von 1910, dessen Titel lautete *Dame la lata.* Sie können sich denken, was das heißen soll. Man erzählte mir, es habe viele Tangos gegeben, die nur in Bordellen gespielt wurden, Titel, die doppeldeutig klingen sollten, aber eindeutig waren. Verzeihen Sie, wenn ich sie nicht aufzähle. Einer der gemäßigten ist von Arolas: *Papas calientes**...

---

\* *Dame la lata* bedeutet wörtlich »geh mir auf die Nerven«, auf die zitierte *lata* bezogen heißt es »gib mir die Münze«; *papas calientes* bedeutet wörtlich »heiße Kartoffeln«, im figurativen Sinn »heikle Angelegenheit«. Hier sind die Hoden gemeint.

# 6

Als ich wieder in Buenos Aires war, deponierte ich mein No-
tizbuch, ich glaube, für immer, in derselben Schuhschachtel,
in der Sami Warschauer seine Theaterprogramme aufbewahrt
hatte, Erinnerungen, die in seinem verbrauchten Gedächtnis
bestimmt verblaßt waren. Eine ehrfürchtige, vielleicht aber-
gläubische Anhänglichkeit an alles, was die, denen es einst gehörte, überlebt hatte, hinderte mich daran, für sie eine neue
provisorische Heimat im Abfalleimer zu finden; aber ich war
überzeugt, daß sie bereits aus meinen Gedanken entschwan-
den.

Ich hatte meine Nachforschungen eingestellt, ohne daß
dies eine bewußte Entscheidung gewesen wäre. Es interessierte mich nicht mehr, ob die sogenannte Rebeca Durán, deren wahrer Name nie ans Licht kommen wird, den falschen
Rabbiner tötete und ob ihr Mann in diesem Dorf in der Provinz
Santa Fe einen Zufluchtsort für sie fand, in dem sich später
die Zuhälter und Betrüger niederließen; es interessierte mich
nicht mehr, ob Auerbach sein schändliches Leben durch ein
Theaterstück reinwaschen wollte und dessen Erfolg dann als
Demütigung erlebt hatte; ob die geschichtslose Tochter dieser
an Geschichte so reichen Eltern die dunkle Vergangenheit um-
schreiben wollte ... All das war mir zuviel an Bürde; fremde
Leben, die ich nicht erlösen konnte, deren Geheimnis ich
respektieren wollte.

Andererseits wurde mir klar, wie unmöglich es ist, andere
Menschen wirklich zu kennen, in den Sinn ihres Handelns ein-

zudringen. Woher sollte man wissen, ob Rebeca Duráns Verbrechen ein bewußter Akt der Rebellion gegen ein Geschäft war, zu dem man sie verdammt hatte? Oder einer der Ablehnung gegen die, die sich widerrechtlich der Riten ihrer Religion bemächtigt hatten? Konnte es nicht auch ein plötzliches Aufblitzen von Wut sein, rein persönlicher Natur, angesichts der Scheinhochzeit, die sie an einen Mann band, der sie ausbeutete? Und was Teófilo Auerbach angeht: Hatte er sie wirklich geschützt, indem er sie nach Granadero Baigorria schickte? Hatte er sie nicht vielleicht an einen neuen Arbeitsplatz geschickt, wo seine Komplizen sie weiter ausbeuteten, als Gegenleistung dafür, daß ihr Verbrechen ungesühnt blieb? Wenn das mit Rebecas Depressionen stimmt...

Kurzum, ich will aus ihren Leben keinen Roman machen. Ich möchte das Schweigen respektieren, das Vergessen vorbereiten. Sie warten auf uns. Auf uns alle.

In einer Sache, glaube ich bei meinen Nachforschungen etwas schuldig geblieben zu sein. Ich hätte Maxi Warschauer die Zeilen seines Vaters, den Bericht seines Gesprächs mit Theo Auer, schicken müssen. Wahrscheinlich hätte er sich nicht dafür interessiert, aber sie waren handgeschrieben, und das verlieh ihnen in meinen Augen eine Würde, die gedrucktes Papier nicht hat. Ich fand, der Sohn sollte diese Spur der Hand seines Vaters aufbewahren.

Die Suche nach Maxis Aufenthaltsort hielt neue Überraschungen für mich bereit. Die letzten Geldanweisungen an Samuel Warschauer kamen von der Crédit Suisse, von ihrem Hauptsitz in Genf, und dorthin wurden die beiden letzten nach seinem Tod eingetroffenen zurückgeschickt; aber von der eisernen helvetischen Zurückhaltung war keine Information zu erwarten. Ich bat meine wenigen Pariser Bekannten um Hilfe, aber Maxi war ihnen unbekannt. Am Ende war es eine argentinische Studentin (Stipendiatin der Ecole d'Hautes Etudes en Sciences Sociales für eine Doktorarbeit über die Renaissance des Milonguero-Stils), die mir, vielleicht vom gleichen detektivischen Eifer getrieben, der auch der Grund meiner Suche war, versprach, Maxi aufzuspüren.

Wenige Wochen später bekam ich eine Mail, in der sie mir berichtete, eine siebzigjährige Französin, eine Anhängerin der Sommer-Milongas an den Ufern der Seine, könne sich an seine Zeiten als Animateur im Konzert-Café von Les Halles erinnern; sie habe ihn aus den Augen verloren, aber sie glaube, sie habe von Bekannten der damaligen Zeit gehört, Maxi sei nach einem nie ganz aufgeklärten Zwischenfall mit der Polizei verschwunden. Die Studentin, in ihrer Beharrlichkeit von unschätzbarem Wert, schrieb mir Wochen später: Maxi ist im Gefängnis. Ich gebe einen Teil ihrer Mail wieder.

»Ich besuchte ihn in La Santé und hörte mir seinen verworrenen, aber für mich anrührenden Bericht an. Mit Impetus und hochmütigem Blick erklärte er mir, er habe versucht, ein junges Mädchen aus dem Kosovo vom Strich zu holen, und sei dabei so unvorsichtig gewesen, daß er vor den Augen des Gesetzes am Menschenhandel mit Minderjährigen aus dem Balkan beteiligt war. Es sei ihm auf jeden Fall gelungen, den Zuhälter des Mädchens zu liquidieren (es war mir nicht klar, ob er das Wort metaphorisch meinte); dank Maxi hat das Mädchen ein neues Leben als Platzanweiserin in einem Kino am Pigalle angefangen. Sie besucht Maxi jeden Sonntag (im Gegensatz zu seiner französischen Frau und seiner Tochter, die aus seinem Leben verschwunden sind) und bringt ihm seine Lieblingskäsetorte, die *vatrushka*, aus einer Konditorei in der Rue des Rosiers. Ich hörte mir seinen Bericht aufmerksam an; es waren die Worte eines nicht mehr jungen, aber zäh an seinem romantischen Selbstbildnis festhaltenden Mannes; ich habe ihn so verstanden, und ich denke nicht, daß ich mich irre, daß Maxi mit dieser für jeden anderen bitteren Situation, zu fünf Jahren Haft wegen schwerer Zuhälterei, Notzucht und Mithilfe zur illegalen Einwanderung verurteilt zu sein, auf seine Art glücklich ist.«

Wenige Tage später erfuhr ich durch eine weitere Mail von neuen Ermittlungsergebnissen. Die Studentin, bei der ich allmählich den Verdacht hatte, sie habe nicht nur ein rein anekdotisches Interesse an Maxi, hatte Informationen in den Archiven der Sensationspresse eingeholt. Und tatsächlich: Das Ex-Wunderkind der jiddischen Revuen von Abasto und Villa Crespo, der Ex-Animateur eines Konzert-Cafés von Les Halles, der Ex-Mann einer unberechenbaren Guerrilera, der Ex-Manager eines multinationalen Konzerns, war in die Ermordung eines gewissen Nathan Lazar verwickelt gewesen, eines Zuhälters zweifelhafter Herkunft (drei Pässe hatten sich in seinem Besitz befunden, einer der nicht mehr existierenden Sowjetunion, einer der Republik Moldawien und ein weiterer aus Rumänien), der in einem der Zugänge zur Porte de Bagnolet erstochen worden war. Es gab keine Tatzeugen, nur Maxis Geständnis, das von dem psychiatrischen Sachverständigen der Polizeipräfektur angezweifelt wurde.

Die Geschichte kommt mir phantastisch, wenn nicht gar erfunden vor, Literatur im schlechtesten Wortsinne, aber wenn ich in diesen Monaten meiner Nachforschungen etwas gelernt habe, dann daß die Wirklichkeit die Tendenz hat, die Vorstellungen von Glaubwürdigkeit außer acht zu lassen, die wir von der Fiktion einfordern. Ich glaubte jedoch bei dieser Geschichte eine dunkle Vorstellung von Schicksal erkennen zu können: ein ruhmloser Emigrant, Verlierer in der Liebe, der vielleicht vom Prestige des Exils bei wohlmeinenden Europäern profitiert und versucht hatte, sich eine neue Identität zuzulegen, die genauso unbefriedigend war wie die zuvor abgelegte, und der sich schließlich in den, wie man sagt, »reiferen« Jahren in das einzige für ihn erreichbare Abenteuer gestürzt hatte, verzückt von der Figur aus dem Tango, die der Zufall ihm präsentierte…

Maxi konnte nicht wissen – wie auch –, daß er, als er sich in diese Geschichte begab, in Verbindung zu einer anderen trat, zu der, die seine Eltern ihm verschwiegen hatten; er konnte nicht wissen, daß er auf einem anderen Kontinent, in einem anderen Jahrhundert, ausgeschmückt durch die trügerische Verführung romanhafter Phantasie, dasselbe Elend und denselben ausbeutenden Handel vorfinden würde, die, weit weg, seine eigene Herkunft geprägt hatten…

Aber welches Recht habe ich, der ich vorübergehend zwischen alten Papieren fremder Leben lebe, mich für hellsichtiger zu halten, zu glauben, ich könnte Maxi verstehen. Bestimmt – jetzt verstehe ich die Studentin – ist er glücklich im Gefängnis: Die Haftstrafe bestätigt eine Identität aus Risiko und Gewalt, mit der er sich vorher nur in seiner Phantasie zu spielen traute. Plötzlich bekam ich Angst, ich sah, wie ich mich, in meinen fernen, noch kaum vorstellbaren Fünfzigern, offenen Auges in alles stürzte, was das Begehren mir diktierte, in wer weiß welche Abenteuer, in denen ich der einzige bin, der den Exorzismus von Notizen, Bibliotheken und schlaflosen Stunden erkennt. Angst, ja, aber auch ein erster Funken Neugier und, würde ich es mir eingestehen?, Hoffnung.

Ja, Maxi konnte in seiner Zelle nur glücklich sein.

# EPILOG

An einem drückenden Nachmittag im vergangenen Januar nahm ich all meinen Mut zusammen und machte mich auf den Weg Richtung Avellaneda. Diesmal leistete ich mir den bescheidenen Luxus eines Taxis; erst nach langem Suchen in der Karte und Befragen von Fußgängern fand der Fahrer das Heim. Einige Monate waren seit meinem letzten Besuch an dem kurzen Winternachmittag vergangen, an dem ich, als ich von Sami Warschauers Tod erfahren hatte, in der Kneipe an der Ecke, beladen mit einem Schuhkarton voller Jahrzehnte vergessenen Theaters, einen Schnaps getrunken hatte. Trotz meiner Entscheidung, die Geschichte nicht zu schreiben, nicht einmal eine Chronik über die Unmöglichkeit, die Geschichten der Figuren zu kennen, deren Leben ich, so empfand ich es, ausspioniert hatte, fiel es mir schwer, mich von ihnen zu lösen. Ich dachte, im Heim könne etwas Persönliches von Sami zurückgeblieben sein, das die Heimleitung nicht interessierte und das ich Maxi zukommen lassen wollte.

Und als ich im Taxi auf das Heim zufuhr, kam es mir seltsam tot vor. Ich glaube nicht, daß es vorher belebt wirkte, aber das unerbittliche Sommerlicht zeigte jetzt die Risse in der Fassade, kaputte Läden, abgestorbene Pflanzen in dem schmalen Garten. Erst als ich darauf zuging, bemerkte ich das zwischen zwei Fenstern des ersten Stocks ausgespannte Schild der Immobilienagentur, auf dem es zum Verkauf angeboten wurde.

»Es sind nur noch zwei alte Leutchen da«, erklärte mir Minuten später der Kneipenwirt. »Eine Woche nach Ihrem Freund ist der nächste gestorben; die beiden Übriggebliebenen hatten keine Familie, und so haben sie sie in ein Altenheim in Quilmes verlegt und zugemacht.«

Auch die Kneipe erschien mir verfallen und schmutziger als in meiner Erinnerung, die Etiketten der vor dem Spiegel aufgereihten Flaschen waren verblichen.

»Ich hab' mich jetzt doch entschieden. Ich verkaufe und verschwinde. Es ist nie zu spät, von vorne anzufangen, ich gehe nach Entre Ríos zu meinem Neffen, der ist Witwer.«

Ich fragte mich, ob er wirklich glaubte, daß seine Gesellschaft bei dem Jüngeren erwünscht war; aber ich wollte seine Gesprächigkeit ausnutzen, um etwas über das Viertel herauszubekommen.

»Sogar das unbebaute Stück gegenüber ist verkauft. Die vom jüdischen Friedhof haben es gekauft, sie wollen ihn erweitern und haben gut bezahlt, der hintere Teil grenzt an den Hauptfriedhof, sie müssen nur die Wand abreißen. So was Ähnliches haben sie schon gemacht, bevor ich in das Viertel kam, mit einem anderen Abschnitt des Friedhofs, der auch verlassen war. Ich weiß nicht, wie sie die Erben aufgetrieben haben, der von der Werkstatt behauptete immer, die ursprünglichen Besitzer hätten ihren Namen geändert, nachdem sie eine Weile untergetaucht waren.«

Der bevorstehende Auszug schien die übliche Redseligkeit des Besitzers noch mehr anzukurbeln, er ging ohne Pause von einem Thema zum nächsten über.

»Einen Schnaps? Der geht aufs Haus. Ende des Monats bin ich weg, und ich will nur leere Flaschen zurücklassen. Am Montag holt jemand aus dem nächsten Block die Marmortische ab, echter Marmor, unbezahlbar heutzutage.«

Ich hatte tatsächlich bei meinem letzten Besuch den Eindruck gehabt, den Geist einer anderen Zeit zu atmen, vor dem

Kunststoff: früher überall anzutreffende Tischplatten, heute Luxusobjekt, ungewöhnlich für eine mehr als bescheidene Kneipe. Zu dieser Erinnerung kam eine Episode aus einem vor langer Zeit gelesenen spanischen Roman hinzu. Es durchzuckte mich, eine Mischung aus Angst und Intuition, unmittelbar gefolgt von einer weiteren Erinnerung: die Weigerung des alten Warschauer, sich an einen Tisch zu setzen, sein Wunsch, an der Theke stehenzubleiben.

Wortlos ging ich zu einem der Tische. Mit einer Kraft, die ich mir selbst nicht zugetraut hätte, hob ich die nicht auf dem schwarzen Eisenfuß befestigte Platte an und stellte sie gegen die Wand. Ich hörte einen alarmierten Ausruf des Besitzers, aber die Verblüffung brachte ihn sogleich zum Verstummen. Er verließ seinen Posten hinter der Kasse, ich hatte immer geglaubt, er sei dort festgewachsen, und kam auf mich zu.

»Aber ... Was ist das?«

Schweigend betrachteten wir die Inschrift in hebräischen Buchstaben, dann die Übersetzung ins Spanische, die leere ovale Öffnung, aus der man das Photo des Verstorbenen herausgenommen hatte, den Namen, Datum von Geburt und Tod, seine Herkunft, als würde er noch in weiter Ferne, einer letzten Erde nahezu heimlich anvertraut, in diesen Marmorstein graviert haben wollen, daß man zu anderen Zeiten glaubte, der Name Kishinev würde überdauern. Ich fuhr mit der Hand über den stumpfen Stein und spürte das Relief der Inschrift.

Eine nach der anderen hob ich die anderen Platten an, las Namen, Daten und immer auch den Namen des Ortes, den jemand nicht vergessen wollte: Lvov, Jassy, Tiraspol, Gdańsk, Pécs, âernovitz, Wroc[[aw, Brody, Warszawa, Kastoria, Lemberg, Odessa.

Kaum zu Hause angekommen, rief ich Dr. Dreizik an und berichtete ihm von meiner Entdeckung, er wüßte bestimmt, was zu tun ist, ich wollte keinen Kontakt zu den verschiedenen Kultur-, Hilfs-, Freizeit- und Sozialvereinen mit ihren unzähligen, verworrenen Gründen zur Uneinigkeit, die einen Anspruch auf Autorität über einen glücklichen Sohn der Diaspora wie mich erheben konnten. Der Doktor beruhigte mich: die Steine würden so bald wie möglich nach La Tablada gebracht und der Kneipenbesitzer würde eine Entschädigung für die Tische erhalten. Während ich ihm für seine Bemühungen dankte und mich verabschiedete, dachte ich, daß die Marmorsteine zwar jetzt ihren rechtmäßigen Platz bekamen, die sterblichen Überreste aber, deren letzte Ruhestätte sie einst ausgewiesen hatten, weiterhin anonym in der gar nicht ruhigen Erde lagen, in die neue Tote einziehen würden.

Ich glaube, ich bin vor meinem Schreibtisch eingeschlafen. Dort saß ich jedenfalls Stunden später vor dem Bildschirm meines Mac, als ich plötzlich aufschreckte. Ich hatte keinen Alptraum gehabt, im Gegenteil, im Traum war ein sehr junges Mädchen durch ein Feld mit gelben Blumen auf mich zugekommen. (Ob es Pfefferblüten waren, die ich noch nie gesehen habe? Mit der unerklärlichen Gewißheit der Träume wußte ich, daß dieses Landschaft zu einem fernen Land gehörte, das ich nicht kannte.) Das Mädchen hatte schwarzes Haar mit rötlichen Strähnen, eine klare schneeweiße Haut und roch nach frisch gesprengtem Rasen. Sie küßte mich und flüsterte mir dabei Worte in einer unbekannten Sprache ins Ohr, deren Sinn ich verstand, ich weiß nicht, wie.

Aufgewacht war ich von dem hartnäckigen Trommeln des Regens gegen mein Schlafzimmerfenster. Trotz der Dunkelheit war es schon elf Uhr morgens, und der tiefe bleierne Himmel ließ unermüdlich Sturzbäche über den Straßen von Buenos Aires niedergehen, die bald überschwemmt sein würden, wie immer, wenn die Abwasserkanäle von den Klimaergüssen überquellen, die vorhersehbar sind, aber schnell wieder vergessen werden, kaum daß die Bürgersteige sauber und die Leiche eines beim Versuch, die Avenida Cabildo zu überqueren, ertrunkenen Passanten oder wegen eines vor ihrem Haus in der Calle Necochea herunterhängenden Kabels am Stromschlag gestorbenen Hausfrau beseitigt sind.

Ich dachte, dieser Regen würde auch den verlassenen Abschnitt des Friedhofs in Avellaneda überschwemmen, die Erde, die bereits aufgewühlt wurde, als man die Steine herausriß, um dort neue Tote zu beerdigen, anständige Tote, deren Namen ohne Scham auf neuen, teuren Steinen ausgestellt werden durften und die nicht wußten, daß sie sich in dieser frischen, erneuerten Erde mit den namenlosen Überresten derjenigen verbinden würden, deren Namen unter den Tischen einer Kneipe versteckt waren, die Gesichter auf eingelassenen Photographien, sofern man diese nicht einfach aus dem recycelten Marmor herausgerissen hatte.

Diese respektablen Toten hätten keinen blassen Schimmer von dem Glück, das einem ein ungesühntes Verbrechen, ein Verbrechen aus reinem Stolz bescheren kann, bei dem siebzig Jahre zuvor eine namenlose, vergessene Jüdin davon geträumt hatte, sie wasche die Ehre einer Gemeinde rein, die dem allgemeinen argentinischen Schicksal in Gestalt von Korruption und Stillschweigen nicht entgehen würde und deren Repräsentanten weitere Gelegenheiten zum Verhöhnen finden würden, indem sie das vorsichtige Kalkül der Politik dem Gedenken an die Opfer vorzogen.

Ich dachte auch an die bescheidenen Theater, die so vielen einsamen Menschen kurzzeitiges Vergessen und die Illusion von Gemeinschaft geschenkt hatten, den Hütern einer aussterbenden Sprache, die ihre Kinder nie sprechen würden und die sie selbst, wenn sie noch leben und sie nicht vergessen haben, nicht mehr zur Verständigung nutzen können; diese Theater waren so weit weg von jedem »unmoralischen« Leben, daß es die Künstler schmerzen würde, wenn ich sie heute als Lieferanten eines so heiklen Glücks sehe, wie es die »unmoralischen« Häuser von La Boca und Once, von San Fernando und dem Paseo de Julio, von Pichincha und Brown in Rosario waren ...

Wer weiß, vielleicht haben sich ja auf dieser kleinen, von gekalkten Wänden eingeschlossenen, von so vielen Leichen gedüngten Parzelle Erde in Avellaneda die geweihten Überreste der alten und der neuen Toten bereits mit denen der arthritischen, krampfaderbehafteten Revuegirls vermischt, die, überzeugt von ihrem unwiderstehlichen Charme, über die Bühne des Excelsior wirbelten, oder mit den Überresten der tattrigen Schauspieler, die eine Tournee von Maurice Schwartz glauben gemacht hatte, auch sie könnten den Hamlet spielen.

Und ich fragte mich, wieviel Regen, wieviel aufgewühlte Erde, wie viele Würmer nötig wären, damit aus ihrer Zersetzung etwas Reiches und Außergewöhnliches entsteht, frei von Gefühlen und nicht zurückgezahltem Unrecht, etwas, das von keiner Schuld getrübt und von keinem Denkmal gefeiert wird.

# Literatur aus Lateinamerika

*Edgardo Cozarinsky*   *Die Braut aus Odessa*
Erzählungen

Sieben wunderschöne Erzählungen über Emigranten im 20. Jahrhundert. Ihre Spuren führen von Odessa nach Buenos Aires, von Wien und Budapest nach Lissabon und Paris. Mit diesen elegant ineinander verflochtenen Geschichten wird Edgardo Cozarinsky erstmals in Deutschland vorgestellt.

*»Es ist, als hörte man auf alten Schallplatten Marlene Dietrich singen – fern und doch berührend nah. Eine echte Entdeckung.«*                    Brigitte

Aus dem argentinischen Spanisch von Sabine Giersberg
Quart*buch*. Gebunden mit Schutzumschlag. 160 Seiten

*Jorge Edwards*   *Der Ursprung der Welt*
Roman

Ein scheinbar harmloser Museumsbesuch verändert das Leben eines angesehenen Arztes. Vor einem berühmten Bild kommt ihm ein unheilvoller Gedanke: Stand seine eigene Ehefrau Modell für Aktfotos? Ein turbulenter Roman über die Kraft der Phantasie und der Eifersucht.

*»Lateinamerikanische Literatur, die im deutschen Sprachraum ihresgleichen sucht.«*                    Hans Christoph Buch, Die Zeit

Aus dem chilenischen Spanisch von Sabine Giersberg
Quart*buch*. Gebunden mit Schutzumschlag. 176 Seiten

*Sergio Pitol*   *Die göttliche Schnepfe*
Roman

Der Roman Pitols spielt in Istanbul, wo ein eingebildeter Professor die göttliche Marietta Karapetiz gleichzeitig erziehen, verführen und zähmen will. Das kann nicht gutgehen. Eine ergreifende Liebesgeschichte und ein bitterböser Gesellschaftsroman, ein herrliches Lesevergnügen!

*»Die amüsanteste Neuerscheinung, die seit langem zu lesen war.«*
David Wagner, Welt am Sonntag

Aus dem mexikanischen Spanisch von Angelica Ammar
Quart*buch*. Gebunden mit Schutzumschlag. 208 Seiten

# bei Wagenbach

*Ricardo Piglia*   *Brennender Zaster*
Roman

Vier Banditen, ihre blutige Spur durch zwei Großstädte und ihr ebenso
erhabenes wie schlimmes Ende: erschreckend, grell, sehr spannend –
von einem der wichtigsten unter Lateinamerikas modernen Autoren.
Aus dem argentinischen Spanisch von Leopold Federmair
Quart*buch*. Gebunden. 192 Seiten

*Santiago Gamboa*   *Das glückliche Leben des jungen Esteban*
Roman

Santiago Gamboa beschreibt eine Kindheit und Jugend in Kolumbien
und Europa.

*»Einer der schönsten lateinamerikanischen Romane, die zuletzt in deutscher
Sprache erschienen sind.«*   Florian Borchmeyer, Frankfurter Allgemeine Zeitung

Aus dem kolumbianischen Spanisch von Stefanie Gerhold
Quart*buch*. Gebunden. 400 Seiten

*Héctor Abad*   *Kulinarisches Traktat für traurige Frauen*

Ein heiteres und überaus nützliches Brevier, das tropische Sinnesfreude mit
der Weltklugheit eines ironischen Kosmopoliten verbindet. Mit praktischen
Ratschlägen und Rezepten.

*»Anweisungen zum Glücklichsein – dieser Autor kennt sich aus in der weibli-
chen Psychologie.«*   El País

Aus dem kolumbianischen Spanisch von Sabine Giersberg
WAT 546. 128 Seiten
Auch als LeseOhr erhältlich. Gelesen von Mechthild Großmann. 74 Minuten. 1 CD

Wenn Sie mehr über den Verlag oder seine Bücher wissen möchten,
schreiben Sie uns eine Postkarte (mit Anschrift und ggf. e-mail). Wir
verschicken immer im Herbst die *Zwiebel*, unseren Westentaschenalm-
anach mit Gesamtverzeichnis, Lesetexten aus den neuen Büchern und
Photos. *Kostenlos!*
Verlag Klaus Wagenbach   Emser Straße 40/41   10719 Berlin
www.wagenbach.de

Die spanische Originalausgabe erschien unter dem Titel *El rufián moldavo* bei Emecé in Buenos Aires.

Die Übersetzung aus dem argentinischen Spanisch wurde mit Mitteln des Auswärtigen Amtes durch die Gesellschaft zur Förderung der Literatur aus Afrika, Asien und Lateinamerika e.V. unterstützt.

ISBN 978 3 8031 3210 9